U0552411

鲜血梅花

余华 著

作家出版社

图书在版编目（CIP）数据

鲜血梅花 / 余华 著 . – 北京：作家出版社，2012.9
（2024.2重印）
（余华作品）
ISBN 978-7-5063-6532-1

Ⅰ. ①鲜… Ⅱ. ①余… Ⅲ. ①短篇小说 – 小说集 – 中国 – 当代 Ⅳ. ①I247.7

中国版本图书馆CIP数据核字（2012）第168876号

鲜血梅花

作　　者：	余　华
责任编辑：	钱　英
装帧设计：	高高国际
出版发行：	作家出版社
社　　址：	北京农展馆南里10号　邮　　编：100125
电话传真：	86-10-65930756（出版发行部）
	86-10-65004079（总编室）
	86-10-65015116（邮购部）

E-mail:zuojia@zuojia.net.cn
http://www.haozuojia.com（作家在线）
印　　刷：三河市紫恒印装有限公司
成品尺寸：142×210
字　　数：95千
印　　张：4.625
印　　数：45001-50000
版　　次：2012年9月第1版
印　　次：2024年2月第7次印刷
ISBN　978-7-5063-6532-1
定　　价：33.00元

作家版图书，版权所有，侵权必究。
作家版图书，印装错误可随时退换。

目 录

自　序　/1

鲜血梅花　/1
古典爱情　/20
往事与刑罚　/61
此文献给少女杨柳　/79
祖　先　/120

自 序

　　这是我从 1986 年到 1998 年的写作旅程，十多年的漫漫长夜和那些晴朗或者阴沉的白昼过去之后，岁月留下了什么？我感到自己的记忆只能点点滴滴地出现，而且转瞬即逝。回首往事有时就像是翻阅陈旧的日历，昔日曾经出现过的欢乐和痛苦的时光成为了同样的颜色，在泛黄的纸上字迹都是一样的暗淡，使人难以区分。这似乎就是人生之路，经历总是比回忆鲜明有力。回忆在岁月消逝后出现，如同一根稻草漂浮到溺水者眼前，自我的拯救仅仅只是象征。同样的道理，回忆无法还原过去的生活，它只是偶然提醒我们：过去曾经拥有过什么？而且这样的提醒时常以篡改为荣，不过人们也需要偷梁换柱的回忆来满足内心的虚荣，使过去的人生变得丰富和饱满。我的经验是写作可以不断地去唤醒记忆，我相信这样的记忆不仅仅属于我个人，这可能是一个时代的形象，或者说是一个世界在某一个人心灵深处的烙印,那是无法愈合的疤痕。我的写作唤醒了我记忆中无数的欲望,这样的欲望在我过去的生活里曾经有过或者根本没有,曾经实现过或者根本无法实现。我的写作使它们聚集到了一起,在虚构的现实里成为合法。十多年之后,我发现自己的写作已经建立了现实经历之外的一条人生道路,它和我现实的人生之路同时出发,并肩而行,有时交叉到了一起,有时又天各一方。因此,我现在越来越相信这样的话——写作有益于身心健康,因为我感到自己的人生正在完整起来。写作使我拥有了两个人生,现实的和虚构的,它们的关系就像是健康和疾病,当一个强大起来时,另一个必然会衰落下去。于是,当我现实的人生越来越平乏之时,我虚构的人生已经异常丰富了。

这些中短篇小说所记录下来的,就是我的另一条人生之路。与现实的人生之路不同的是,它有着还原的可能,而且准确无误。虽然岁月的流逝会使它纸张泛黄字迹不清,然而每一次的重新出版都让它焕然一新,重获鲜明的形象。这就是我为什么如此热爱写作的理由。

鲜血梅花

一

一代宗师阮进武死于两名武林黑道人物之手，已是十五年前的依稀往事。在阮进武之子阮海阔五岁的记忆里，天空飘满了血腥的树叶。

阮进武之妻已经丧失了昔日的俏丽，白发像杂草一样在她的头颅上茁壮成长。经过十五年的风吹雨打，手持一把天下无敌梅花剑的阮进武，飘荡在武林中的威风如其妻子的俏丽一样荡然无存了。然而在当今一代叱咤江湖的少年英雄里，有关梅花剑的传说却经久不衰。

一旦梅花剑沾满鲜血，只需轻轻一挥，鲜血便如梅花般飘离剑身，只留一滴永久盘踞剑上，状若一朵袖珍梅花。梅花剑几代相传，传至阮进武手中，已有七十九朵鲜血梅花。阮进武横行江湖二十年，在剑上增添二十朵梅花。梅花剑一旦出鞘，血光四射。

阮进武在十五年前神秘死去，作为一个难解之谜，在他妻子心中一直盘踞至今。那一日的黑夜寂静无声，她在一片月光照耀下昏睡不醒，那时候她的丈夫在屋外的野草丛里悄然死去了。在此后的日子里，她将丈夫生前的仇敌在内心一一罗列出来，其结果却是一片茫然。

在阮进武生前的最后一年里，有几个明亮的清晨，她推开屋门，看到了在阳光里闪烁的尸体。她全然不觉丈夫曾在深夜离床出屋与刺客舞剑争生。事实上在那个时候，她已经隐约预感到丈夫躺在阳光下闪烁不止的情形。这情形在十五年前那个宁静之晨栩栩如生地来到了。阮进武仰躺在那堆枯黄的野草丛里，舒展的四肢暗示着某种无可奈何。他的双眼生长出两把黑柄的匕首。近旁一棵萧条的树木飘下的几张树叶，在他头颅的两侧随风波动，树叶沾满鲜血。后来，她看到儿子阮海阔捡起了那几张树叶。

阮海阔以树根延伸的速度成长起来，十五年后他的躯体开始微微飘逸出阮进武的气息。然而阮进武生前的威武却早已化为尘土，并未寄托到阮海阔的血液里。阮海阔朝着他母亲所希望的相反方向成长，在他二十岁的今天，他的躯体被永久地固定了下来。因此，当这位虚弱不堪的青年男子出现在他母亲眼前时，她恍恍惚惚体会到了惨不忍睹。但是十五年的忍受已经不能继续延长，她感到让阮海阔上路的时候应该来到了。

在这个晨光飘洒的时刻，她首次用自己的目光抚摸儿子，用一种过去的声音向他讲述十五年前的这个时候，他的父亲躺在野草丛里死去了，她说：

"我没有看到他的眼睛。"

她经过十五年时间的推测，依然无法确知凶手是谁。

"但是你可以去找两个人。"

她所说的这两个人，曾于二十年前在华山脚下与阮进武高歌比剑，也是阮进武威武一生唯一没有击败过的两名武林高手。他们中间任何一个都会告诉阮海阔杀父仇人是谁。

"一个叫青云道长，一个叫白雨潇。"

青云道长和白雨潇如今也已深居简出，远离武林的是是非非。尽管如此，历年来留存于武林中的许多难解之谜，在他俩眼中如一潭清水一样清晰可见。

阮海阔在母亲的声音里端坐不动，他知道接下去将会出现什么，因此几条灰白的大道和几条翠得有些发黑的河流，开始隐约呈现出来。母亲的身影在这个虚幻的背景前移动着，然后当年与父亲一起风流武林的梅花剑，像是河面上的一根树干一样漂了过来。阮海阔在接过梅花剑的时候，触摸到母亲冰凉的手指。

母亲告诉他：剑上已有九十九朵鲜血梅花。她希望杀夫仇人的血能在这剑身上开放出一朵新鲜的梅花。

阮海阔肩背梅花剑，走出茅屋。一轮红日在遥远的天空里飘浮而出，无比空虚的蓝色笼罩着他的视野。置身其下，使他感到自己像一只灰黑的麻雀独自前飞。

在他走上大道时，不由回头一望。于是看到刚才离开的茅屋出现了与红日一般的颜色。红色的火焰贴着茅屋在晨风里翩翩起舞。在茅屋背后的天空中,一堆早霞也在熊熊燃烧。阮海阔那么看着,恍恍惚惚觉得茅屋的燃烧是天空里掉落的一片早霞。阮海阔听到了茅屋破碎时分裂的响声,于是看到了如水珠般四溅的火星。然后那堆火轰然倒塌,像水一样在地上洋溢开去。

阮海阔转身沿着大道往前走去,他感到自己跨出去的脚被晨风吹得飘飘悠悠。大道在前面虚无地延伸。母亲自焚而死的用意,他深刻地领悟到了。在此后漫长的岁月里,已无他的栖身之处。

没有半点武艺的阮海阔,肩背名扬天下的梅花剑,去寻找十五年前的杀父仇人。

二

母亲死前道出的那两个名字,在阮海阔后来无边无际的寻找途中,如山谷里的回声一般空空荡荡。母亲死前并未指出这两人现在何处,只是点明他俩存在于世这个事实。因此阮海阔行走在江河群山、集镇村庄之中的寻找,便显得十分渺小和虚无。然而正是这样的寻找,使阮海阔前行的道路出现无比广阔的前景,支持着他一日紧接一日的漫游。

阮海阔在母亲自焚之后踏上的那条大道,一直弯弯曲曲延伸了十多里,然后被一条河流阻断。阮海阔在走过木桥,来到河流对岸时,已经忘记了自己所去的方向,从那一刻以后,方向不再指导着他。他像是飘在大地上的风一样,随意地往前行走。他经过的无数村庄与集镇，尽管有着百般姿态，然而它们以同样的颜色的树木，同样形状的房屋组成，同样的街道上走着同样的人。因此阮海阔一旦走入某个村庄或集镇，就如同走入了一种回忆。

这种漫游持续了一年多以后，阮海阔在某一日傍晚时分来到了一个十字路口。十字路口的出现，在他的漫游里已经重复了无数次。寻找青云道长和白雨潇，在这里呈现出几种可能。然而在阮海阔绵绵不绝的漫游途中，十字路口并不比单纯往前的大道显示出几分犹豫。

此刻的十字路口在傍晚里接近了他。他看到前方起伏的群山，落日的光芒从波浪般联结的山峰上放射出来，呈现一道山道般狭长的辉煌。而横在前方的那条大道所指示的两端，却是一片片荒凉的泥土，霞光落在上面，显得十分粗糙。因此他在接近十字路口的时候，内心已经选择了一直往前的方向。正是一直以来类似于这样的选择，使他在一年多以后，来到了这里。

然而当他完成了对十字路口的选择以后很久，他才蓦然发现自己已经远离了那落日照耀下的群山。出现了这样一个事实，他并没有按照自己事前设计的那样一直往前，而是在十字路口处往右走上了那条指示着荒凉的大道。那时候落日已经消失，天空出现一片灰白的颜色。当他回首眺望时，十字路口显得含含糊糊，然后他转回身继续在这条大道上往前走去。在他重新回想刚才走到十字路口处的情景时，那一段经历却如同不曾有过一样，他的回想在那里变成了一段空白。

他的行走无法在黑夜到来后终止，因为刚才的错觉，使他走上了一条没有飘扬过炊烟的道路。直到很久以后,一座低矮的茅屋才远远地出现,里面的烛光摇摇晃晃地透露出来,使他内心出现一片午后的阳光。他在接近茅屋的时候,渐渐嗅到了一阵阵草木的艳香。那气息飘飘而来,如晨雾般弥漫在茅屋四周。

他走到茅屋门前,伫立片刻,里面没有点滴动静。他回首望了望无边的荒凉,便举起手指叩响了屋门。

屋门立即发出一声如人惊讶的叫唤,一个艳丽无比的女子站在门内。如此突然的出现,使他一时间不知所措。他觉得这女子仿佛早已守候在门后。

然而那女子却是落落大方,似乎一眼看出了他的来意,也不等他说话,便问他是否想在此借宿。

他没有说话,只是随着女子步入屋内,在烛光闪烁的案前落座。借着昏暗的烛光,他细细端详眼前这位女子,依稀觉得这女子脸上有着一层厚厚的胭脂。胭脂使她此刻呈现在脸上的迷人微笑有些虚幻。

然后他发现女子已经消失,他丝毫没有觉察到她消失的过程。然而不久之后他听到了女子在里屋上床时的响声,仿佛树枝在风中摇动一样的响声。

女子在里屋问他:

"你将去何处?"

那声音虽只是一墙之隔,却显得十分遥远。声音唤起了母亲自焚时茅屋燃烧的情景,以及他踏上大道后感受到的凉风。那一日清晨的风,似乎正吹着此刻这间深夜的茅屋。

他告诉她：

"去找青云道长和白雨潇。"

于是女子轻轻坐起，对阮海阔说：

"若你找到青云道长，替我打听一个名叫刘天的人，不知他现在何处。你就说是胭脂女求教于他。"

阮海阔答应了一声，女子复又躺下。良久，她又询问了一声："记住了？"

"记住了。"阮海阔回答。

女子始才安心睡去。阮海阔一直端坐到烛光熄灭。不久之后黎明便铺展而来。阮海阔悄然出门，此刻屋外晨光飘洒，他看到茅屋四周尽是些奇花异草，在清晨潮湿的风里散发着阵阵异香。

阮海阔踏上了昨日离开的大道，回顾昨夜过来的路，仍是无比荒凉。而另一端不远处却出现了一条翠绿的河流，河面上漂浮着丝丝霞光。阮海阔走向了河流。

多日以后，当阮海阔重新回想那一夜与胭脂女相遇的情形，已经恍若隔世。阮海阔虽是武林英雄后代，然而十五年以来从未染指江湖，所以也就不曾听闻胭脂女的大名。胭脂女是天下第二毒王，满身涂满了剧毒的花粉，一旦花粉洋溢开来，一丈之内的人便中毒身亡。故而那一夜胭脂女躲入里屋与阮海阔说话。

三

阮海阔离开胭脂女以后，继续漫游在江河大道之上、群山村庄之中。如一张漂浮在水上的树叶，不由自主地随波逐流。然而在不知不觉中，阮海阔开始接近黑针大侠了。

黑针大侠在武林里的名声，飘扬在胭脂女附近，已在江湖上威武了十来年。他是使暗器的一流高手。尤其是在黑夜里，每发必中。暗器便是他一头黑发，黑发一旦脱离头颅就坚硬如一根黑针。在黑夜里射出时没有丝毫光亮。黑针大侠闯荡江湖多年，因此头上的黑发开始显出了荒凉的景致。

阮海阔无尽地行走，在他离开胭脂女多月以后，出现在了某一个喧闹的集镇的街市上。那已是傍晚时刻，一直指引着他向前的大道，在集镇的近旁伸向了另一个方向。如果不是傍晚的来临，阮海阔便会继续遵照大道的指引，往另一个方向走去。然而傍晚改变了他的意愿，使他走入了集镇。他知道自己翌日清晨以后，会重新踏上这条大道。

阮海阔行走在街上，由于长久的疲倦，他觉得自己如一件衣服一样飘在喧闹的人声中。因此当他走入一家客店之后不久，便在附近楼台上几位歌伎轻声细语般的歌声里沉沉睡去了。

在黎明来到之前，阮海阔像是窗户被风吹开一样苏醒过来。那时候月光透过窗棂流淌在他的床上，户外寂静无声。阮海阔睁眼躺了良久，后来听到了几声马嘶。马嘶声使他眼前呈现出了夜晚离开的那条大道。大道延伸时茫然若失的情景，使他坐了起来，又使他离开了客店。

事实上，在月光照耀下的阮海阔，离开集镇以后并没有踏上昨日的大道，而是被一条河流旁的小路招引了过去。他沿着那条波光闪闪的河流走入了黎明,这才发现自己身在何处,而在此之前,他似乎以为自己一直走在昨日继续下去的大道上。

那时候一座村庄在前面的黎明里安详地期待着他。阮海阔朝村庄走去。村口有一口被青苔包围的井和一棵榆树,还有一个人坐在榆树下。

坐在树下那人在阮海阔走近以后,似看非看地注视着他。阮海阔一直走到井旁,井水宁静地制造出了另一张阮海阔的脸。阮海阔提起井边的木桶,向自己的脸扔了下去。他听到了井水如惊弓之鸟般四溅的声响。他将木桶提上来时,他的脸在木桶里接近了他。阮海阔喝下几口如清晨般凉爽的井水,随后听到树下那人说话的声音:

"你出来很久了吧?"

阮海阔转身望去,那人正无声地望着他。仿佛刚才的声音不是从那里飘出。阮海阔将目光移开,这时那声音又响了起来:

"你去何处?"

阮海阔继续将目光飘到那人身上,他看到清晨的红日使眼前这棵树和这个人散发出闪闪红光。声音唤起了他对青云道长和白雨潇虚无缥缈的寻找。阮海阔告诉他:

"去找青云道长和白雨潇。"

这时那人站立起来,他向阮海阔走来时,显示了他高大的身材。但是阮海阔却注意到了他头颅上荒凉的黑发。他走到阮海阔身前,用一种不容争辩的声音说:

"你找到青云道长,就说我黑针大侠向他打听一个名叫李东的人，我想知道他现在何处。"

阮海阔微微点了点头，说：

"知道了。"

阮海阔走下井台，走上了刚才的小路。小路在潮湿的清晨里十分犹豫地向前伸长，阮海阔走在上面，耳边重新响起多月前胭脂女的话语。胭脂女的话语与刚才黑针大侠所说的，像是两片碰在一起的树叶一样，在他前行的路上响着同样的声音。

四

阮海阔在时隔半年以后，在一条飘着枯树叶子的江旁与白雨潇相遇。

那时候阮海阔漫无目标的行走刚刚脱离大道，来到江边。渡船已在江心摇摇晃晃地漂浮，江面上升腾着一层薄薄的水汽。

一位身穿白袍，手持一柄长剑的老人正穿过无数枯树向他走来。老人的脚步看去十分有力，可走来时却没有点滴声响，仿佛双脚并未着地。老人的白发白须迎风微微飘起，飘到了阮海阔身旁。

渡船已经靠上了对岸，有三个行人走了上去。然后渡船开始往这边漂浮而来。

白雨潇站在阮海阔身后，看到了插在他背后的梅花剑。黝黑的剑柄和作为背景波动的江水同时进入白雨潇的视野，勾起无数往事，而正在接近的渡船，开始隐约呈现出阮进武二十年前在华山脚下的英姿。

渡船靠岸以后,阮海阔先一步跨入船内,船剧烈地摇晃起来,可当白雨潇跨上去后,船便如岸上的磐石一样平稳了。船开始向江心渡去。

虽然江水急涌而来,拍得船舷水珠四溅,可坐在船内的阮海阔却感到自己仿佛是坐在岸上一样。故而刚才伫立岸边看渡船摇晃而去的情景,此刻回想起来觉得十分虚幻。阮海阔看着江岸慢慢退去,却没有发现白雨潇正以同样的目光注视着他。

白雨潇十分轻易地从阮海阔身上找到了二十年前的阮进武。但是阮海阔毕竟不是阮进武。阮海阔脸上丝毫没有阮进武的威武自信,他虚弱不堪又茫然若失地望着江水滚滚流去。

渡船来到江心时,白雨潇询问阮海阔:

"你背后的可是梅花剑?"

阮海阔回过头来望着白雨潇,他答:

"是梅花剑。"

白雨潇又问:"是你父亲留下的?"

阮海阔想起了母亲将梅花剑递过来时的情景,这情景在此刻江面的水汽里若隐若现。他点了点头。

白雨潇望了望急流而去的江水,再问:

"你在找什么人吧?"

阮海阔告诉他:

"找青云道长。"

阮海阔的回答显然偏离了母亲死前所说的话,他没有说到白雨潇,事实上他在半年前离开黑针大侠以后,因为胭脂女和黑针大侠委托之言里没有白雨潇，白雨潇的名字便开始在他的漫游里渐渐消散。

白雨潇不再说话，他的目光从阮海阔身上移开，望着正在来到的江岸。待船靠岸后，他与阮海阔一起上了岸，又一起走上了一条大道。然后白雨潇径自走去了。而阮海阔则走向了大道的另一端。

曾经携手共游江湖的青云道长和白雨潇，在五年前已经反目为敌，这在武林里早已是众所周知。

五

与白雨潇在那条江边偶然相遇之事，在阮海阔此后半年的空空荡荡的漫游途中，总是时隐时现。然而阮海阔无法想到这位举止非凡的老人便是白雨潇。只是难以忘记他身穿白袍潇洒而去的情景。那时候阮海阔已经与他背道而去，一次偶然的回首，他看到老人白色的身影走向青蓝色的天空，那时田野一望无际，巨大而又空虚的天空使老人走去的身影显得十分渺小。

多月之后，过度的劳累与总是折磨着他的饥饿，使他病倒在长江北岸的一座群山环抱的集镇里。那时他已经来到一条蜿蜒伸展的河流旁，一座木桥卧在河流之上。他尽管虚弱不堪，可还是踏上了木桥，但是在木桥中央他突然跪倒了，很久之后都无法爬起来，只能看着河水长长流去。直到黄昏来临，他才站立起来，黄昏使他重新走入集镇。

他在客店的竹床上躺下以后，屋外就雨声四起。他躺了三天，雨也持续了三天，他听着河水流动的声音越来越响亮。他感到水声流得十分遥远，仿佛水声是他的脚步一样正在远去。于是他时时感到自己并未卧床不起，而是继续着由来已久的漫游。

雨在第四日清晨蓦然终止，缠绕着他的疾病也在这日清晨消散。阮海阔便继续上路。但是连续三日的大雨已经冲走了那座木桥，阮海阔无法按照病倒前的设想走到河流的对岸。他在木桥消失的地方站立良久，看着路在那滔滔的河流对岸如何伸入了群山。他无法走过去，于是便沿着河流走去。他觉得自己会遇上一座木桥的。

然而阮海阔行走了半日，虽然遇到几条延伸过来的路，可都在河边突然断去，然后又在河对岸伸展出来。他觉得自己永远难以踏上对岸的路。这个时候，一座残缺不全的庙宇开始出现。庙宇四周树木参天，阮海阔穿过杂草和乱石，走入了庙宇。

阮海阔置身于千疮百孔的庙宇之中，看到阳光从四周与顶端的裂口倾泻进来，形成无数杂乱无章的光柱。他那么站了一会以后，听到一个如钟声一样的声音：

"阮进武是你什么人？"

声音在庙宇里发出了嗡嗡的回音。阮海阔环顾四周，他的目光被光柱破坏，无法看到光柱之外。

"是我父亲。"阮海阔回答。

声音变成了河水流动似的笑声，然后又问：

"你身后的可是梅花剑？"

"是梅花剑。"

声音说:"二十年前阮进武手持梅花剑来到华山脚下……"声音突然中止,良久才继续道,"你离家已有多久了?"

阮海阔没有回答。

声音又问:"你为何离家?"

阮海阔说:"我在找青云道长。"

声音这次成为风吹树叶般的笑声,随后告诉阮海阔:

"我就是青云道长。"

胭脂女和黑针大侠委托之言此刻在阮海阔内心清晰响起。于是他说:

"胭脂女打听一个名叫刘天的人,不知这个人现在何处?"

青云道长沉吟片刻,然后才说:

"刘天七年前已去云南,不过现在他已走出云南,正往华山而去,参加十年一次的华山剑会。"

阮海阔在心里重复一遍后,又问:

"李东现在何处?黑针大侠向你打听。"

"李东七年前去了广西,他此刻也正往华山而去。"

母亲死前的声音此刻才在阮海阔内心浮现出来。当他准备询问十五年前的杀父仇人是谁时,青云道长却说:

"我只回答两个问题。"

然后阮海阔听到一道风声从庙宇里飘出,风声穿过无数树叶后销声匿迹了。他知道青云道长已经离去,但他还是站立了很久,然后才走出庙宇。

阮海阔继续沿着河流行走，白雨潇的名字在消失了很长一段时间后，重又来到。阮海阔在河旁行走半日后，一条大道在前方出现，于是他放弃了越过河流的设想，走上了大道，开始了对白雨潇的寻找。

六

阮海阔对白雨潇的寻找，是他漫无目标漂泊之旅的无限延长。此刻青云道长在他内心如一道烟一样消失了。而胭脂女和黑针大侠委托之事虽已完成，可在他后来的漫游途中，却如云中之月一样若有若无。尽管胭脂女和黑针大侠的模糊形象，会偶尔地出现在道路的前方，但他们的居住之处，阮海阔早已遗忘。因此他们像白雨潇一样显得虚无缥缈。

然而阮海阔毫无目的地漂泊，却在暗中开始接近黑针大侠了。他身不由己的行走进行到这一日傍晚时，来到了黑针大侠居住的村口。

这一日傍晚的情景与他初次来到的清晨似乎毫无二致。黑针大侠那时正坐在那棵古老的榆树下，落日的光芒和作为背景的晚霞使阮海阔感到无比温暖。这时候他已经知道来到了何处。他如上次一样走上了井台，提起井旁的木桶扔入井内，提上来以后喝下一口冰凉的井水，井水使他感受到了正在来临的黑夜。然后他回头注视着黑针大侠，他看到黑针大侠也正望着自己，于是他说：

"我找到青云道长了。"

他看到黑针大侠脸上出现了迷惑的神色，显然黑针大侠已将阮海阔彻底遗忘，就像阮海阔遗忘他的居住之处一样。阮海阔继续说：

"李东已经离开广西，正往华山而去。"

黑针大侠始才省悟过来，他突然仰脸大笑。笑声使榆树的树叶纷纷飘落。笑毕，黑针大侠站起走入了近旁的一间茅屋。不久他背着包袱走了出来，走到阮海阔身旁时略略停顿了一下，说：

"你就在此住下吧。"

说罢，他疾步而去。

阮海阔看着他的身影在那条小路的护送下，进入了沉沉而来的夜色。然后他才回身走入黑针大侠的茅屋。

七

阮海阔在离开黑针大侠的茅屋十来天后，一种奇怪的感觉使他隐约感到自己正离胭脂女越来越近。事实上他已不由自主地走上了那条指示着荒凉的大道。他在无知的行走中与黑针大侠重新相遇以后，依然是无知的行走使他接近了胭脂女。

那是中午的时刻，很久以前在黑夜里行走过的这条大道，现在以灿烂的姿态迎接了他。然而阳光的明媚无法掩饰道路伸展时的荒凉。阮海阔依稀回想起很久以前这条大道的黑暗情景。

不久之后他嗅到了阵阵异香，那时他已看到了远处的茅屋。他明白自己已经来到了何处。当他来到茅屋近前时，那一日清晨曾经向他招展过的奇花异草,在此刻中午阳光的照耀下,使他感到一种难以承受的热烈。

胭脂女伫立在花草之中,她的容颜比那个夜晚所见更为艳丽。奇花异草的簇拥,使她全身五彩缤纷。她看着阮海阔走来,如同看着一条河流来。

阮海阔没有走到她身旁,她异样的微笑使他在不远处无法举步向前,他告诉她:

"刘天现在正走在去华山的路上,他已经离开云南。"

胭脂女听后嫣然一笑,然后扭身走出花草,走入茅屋,她拖在地上的影子如一股水一样流入了茅屋。

阮海阔站了一会,胭脂女进去以后并没有立刻出来。于是他转身离去了。

八

阮海阔对白雨潇的寻找,在后来又继续了三年。在三年空虚的漂泊之后,这一日由于过度的劳累,他在一条大道中央的凉亭里席地而睡。

在阮海阔沉睡之时,一个白须白袍的老人飘然而至,他朝阮海阔看了很久,从此刻放在地上的梅花剑,他辨认出了这位沉睡的男子便是多年前曾经相遇过的阮进武之子。于是他蹲下身去拿起了梅花剑。

梅花剑的离去,使阮海阔蓦然醒来。他第二次与白雨潇相遇就这样实现了。

白雨潇微微一笑,问:"还没有找到青云道长?"

这话唤起了阮海阔十分遥远的记忆,事实上这三年对白雨潇空荡荡的寻找,已经完全抹去了青云道长。

阮海阔说:

"我在找白雨潇。"

"你已经找到白雨潇了,我就是。"

阮海阔低头沉吟了片刻,他依稀感到那种毫无目标的美妙漂泊行将结束。接下去他要寻找的将是十五年前的杀父仇人,也就是说他将去寻找自己如何去死。

但是他还是说:

"我想知道杀死我父亲的人。"

白雨潇听后再次微微一笑,告诉他:

"你的杀父仇敌是两个人。一个叫刘天,一个叫李东。他们三年前在去华山的路上,分别死于胭脂女和黑针大侠之手。"

阮海阔感到内心一片混乱。他看着白雨潇将梅花剑举到眼前,将剑从鞘内抽出。在亭外辉煌阳光的衬托下,他看到剑身上有九十九朵斑斑锈迹。

白雨潇离去以后,阮海阔依旧坐在凉亭之内,面壁思索起很久以前离家出门时的情景。他闭上双目以后,看到自己在轮廓模糊的群山江河、村庄集镇之间漫游。那个遥远的傍晚他如何莫名其妙地走上了那条通往胭脂女的荒凉大道,以及后来在那个黎明之前他神秘地醒来,再度违背自己的意愿而走近了黑针大侠。他与白雨潇初次相遇在那条滚滚而去的江边，却又神秘地错开。在那个群山环抱的集镇里，那场病和那场雨同时进行了三天，然后木桥被冲走了，他无法走向对岸，却走向了青云道长。后来他那漫无目标的漫游，竟迅速地将他带到了黑针大侠的村口和胭脂女的花草旁。三年之后，他在这里与白雨潇再次相遇。现在白雨潇已经离去了。

一九八九年一月十八日

古典爱情

一

柳生赴京赶考,行走在一条黄色大道上。他身穿一件青色布衣,下截打着密褶,头戴一顶褪色小帽,腰束一条青丝织带,恍若一棵暗翠的树行走在黄色大道上。此刻正是阳春时节,极目望去,一处是桃柳争妍,一处是桑麻遍野。竹篱茅舍四散开去,错落有致遥遥相望。丽日悬高空,万道金光如丝在织机上,齐刷刷奔下来。

柳生在道上行走了半日,其间只遇上两个衙门当差气昂昂擦肩而过,几个武生模样的人扬鞭催马疾驰而去,马蹄扬起的尘土遮住了前面的景致,柳生眼前一片纷纷扬扬的混乱。此后再不曾在道上遇上往来之人。

数日前，柳生背井离乡初次踏上这条黄色大道时，内心便涌起无数凄凉。他在走出茅舍之后，母亲布机上的沉重声响一直追赶着他，他脊背上一阵阵如灼伤般疼痛，于是父亲临终的眼神便栩栩如生地看着自己了。为了光耀祖宗，他踏上了黄色大道。姹紫嫣红的春天景色如一卷画一般铺展开来，柳生却视而不见。展现在他眼前的仿佛是一派暮秋落叶纷扬，足下的黄色大道也显得虚无缥缈。

柳生并非富家公子，父亲生前只是一个落榜的穷儒。他虽能写一手好字，画几枝风流花卉，可肩不能挑手不能提，如何能养家糊口？一家三口全仗母亲织布机前日夜操劳，柳生才算勉强活到今日。然而母亲的腰弯下去后再也无法直起。柳生自小饱读诗文，由父亲一手指点。天长日久便继承了父亲的禀性，爱读邪书，也能写一手好字，画几枝风流花卉，可偏偏生疏了八股。因此当柳生踏上赴京赶考之路时，父亲生前屡次落榜的窘境便笼罩了他往前走去的身影。

柳生在走出茅舍之时，只在肩上背了一个灰色的包袱，里面一文钱也没有，只有一身换洗的衣衫和纸墨砚笔。他一路风餐露宿，靠卖些字画换得些许钱，来填腹中饥饿。他曾遇上两位同样赴京赶考的少年，都是身着锦衣绣缎的富家公子，都有一匹精神气爽的高头大马，还有伶俐聪明的书童。即便那书童的衣着，也使他相形之下惭愧不已。他没有书童，只有投在黄色大道上的身影紧紧伴随。肩上的包袱在行走时微微晃动，他听到了笔杆敲打砚台的孤单声响。

柳生行走了半日，不觉来到了岔路口。此刻他又饥又渴，好在近旁有一河流。河流两岸芳草青青，长柳低垂。柳生行至河旁，见河水为日光所照，也是黄黄一片，只是垂柳覆盖处，才有一条条碧绿的颜色。他蹲下身去，两手插入水中，顿觉无比畅快。于是捧起点滴之水，细心洗去脸上的尘埃。此后才痛饮几口河水，饮毕席地而坐。芳草摇摇曳曳插入他的裤管，痒滋滋的有许多亲切。一条白色的鱼儿在水中独自游来游去，那躯体扭动得十分妩媚。看着鱼儿扭动，不知是因为鱼儿孤单，还是因为鱼儿妩媚，柳生有些凄然。

半晌，柳生才站立起来，返上黄色大道，从柳荫里出来的柳生只觉头晕目眩，他是在这一刻望到远处有一堆房屋树木影影绰绰，还有依稀的城墙。柳生疾步走去。

走到近处，听得人声沸腾，城门处有无数挑担提篮的人。进得城去，见五步一楼，十步一阁。房屋稠密，人物富庶。柳生行走在街市上，仕女游人络绎不断，两旁酒店茶亭无数。几个酒店挂着肥肥的羊肉，柜台上一排盘子十分整齐，盘子里盛着蹄子、糟鸭、鲜鱼。茶亭的柜子上则摆着许多碟子，尽是些橘饼、薯片、粽子、烧饼。

柳生一一走将过去，不一会便来到一座庙宇前。这庙宇像是新近修缮过的，金碧辉煌。站在门下的石阶上，柳生往里张望。一棵百年翠柏气宇轩昂，砖铺的地面一尘不染，柱子房梁油滑光亮，只是不见和尚，好大一幢庙宇显得空空荡荡。柳生心想夜晚就夜宿在此。想着，他取下肩上的包袱，解开，从里面取出纸墨砚笔，就着石阶，写了几张"杨柳岸晓风残月"之类的宋词绝句，又画了几张没骨的花卉，摆在那里，卖与过往的人。一时间庙宇前居然挤个水泄不通。似乎人人有钱，人人爱风雅。才半晌工夫，柳生便赚了几吊钱，看着人渐散去，就收起了钱小心藏好，又收起包袱缓步往回走去。

两旁酒店的酒保和茶亭的伙计笑容满面，也不嫌柳生布衣寒衫，招徕声十分热情。柳生便在近旁的一家茶亭落座，要了一碗茶，喝毕，觉得腹中饥饿难忍，正思量着，恰好一个乡里人捧着许多薄饼来卖。柳生买了几张薄饼，又要了一碗茶水，慢慢吃了起来。

有两个骑马的人从茶亭旁过去，一个穿宝蓝缎的袍子，上绣百蝠百蝶；一个身着双叶宝蓝缎的袍子，上绣无数飞鸟。两位过去后，又有三位妇人走来。一位水田披风，一位玉色绣的八团衣服，一位天青缎二色金的绣衫。头上的珍珠白光四射，裙上的环佩叮当作响。每位跟前都有一个丫鬟，手持黑纱香扇替她们遮挡日光。

柳生吃罢薄饼，起身步出茶亭，在街市里信步闲走。离家数日，他不曾与人认真说过话。此刻腹中饥饿消散，寂寞也就重新涌上心头。看看街市里虽是人流熙攘，却皆是陌生的神色。母亲布机的声响便又追赶了上来。

行走间不觉来到一宽敞处，定睛观瞧，才知来到一大户人家的正门前。眼前的深宅大院很是气派，门前两座石狮张牙舞爪。朱红大门紧闭，甚是威严。再看里面树木参天，飞檐重叠，鸟来鸟往。柳生呆呆看了半响,方才离去。他沿着粉墙旁的一条长道缓步走去。这长道也是上好的青砖铺成,一尘不染,墙内的树枝伸到墙外摇曳。行不多远,望到了偏门。偏门虽逊色于刚才的正门,可也透着威严,也是朱门紧闭。柳生听得墙内有隐约的嬉闹之声,他停立片刻,此后又行走起来。走到粉墙消失处,见到墙角有一小门。小门敞着,一个家人模样的人匆匆走出。他来到门前朝里张望,一座花园玲珑精致,心说这就是往日听闻却不曾眼见的后花园吧。柳生迟疑片刻,就走将进去。里面山水树花,应有尽有。那石山石屏虽是人工堆就,却也极为逼真。中间的池塘不见水,被荷叶满满遮盖,一座九曲石桥就贴在荷叶之上。一小亭立于池塘旁,两侧有两棵极大的枫树,枫叶在亭上执手相望。亭内可容三四人,屏前置瓷墩两个,屏后有翠竹百十竿,竹子后面的朱红栏杆断断续续,栏杆后面花卉无数。有盛开的桃花、杏花、梨花,有未曾盛开的海棠、菊花、兰花。桃杏犹繁,争执不下,其间的梨花倒是安然观望,一声不吭。

不知不觉间,柳生来到绣楼前。足下的路蓦然断去,柳生抬头仰视。绣楼窗棂四开,风从那边吹来,穿楼而过。柳生嗅得阵阵袭人的香气。此刻暮色徐徐而来,一阵吟哦之声从绣楼的窗口缓缓飘落。那声音犹如瑶琴之音,点点滴滴如珠落盘,细细长长如水流潺潺。随风拂拂而下,随暮色徐徐散开。柳生也不去分辨吟哦之词,只是一味在声音里如醉一般,飘飘欲仙。

暮色沉重起来,一片灰色在空中挥舞不止,然而柳生仰视绣楼窗口的双眼纹丝未动,四周的一切全然不顾。漫长的视野里仿佛出现了一条如玉带一般的河流,两种景致出现在双眼两侧,一是袅娜的女子行走在河流边,一是悠扬的垂柳飘拂在晚风里。两种情景时分时合,柳生眼花缭乱。

这销魂的吟哦之声开始接近柳生,少顷,一位如花似玉的女子在窗框中显露出来。女子怡然自得,樱桃小口笑意盈盈,吟哦之声就是在此处飘扬而出。一双秋水微漾的眼睛飘忽游荡,往花园里倾吐绵绵之意,然后,看到了柳生,不觉"呀"的一声惊叫,顿时满面羞红,急忙转身离去。这一眼恰好与柳生相遇。这女子深藏绣楼,三春好处无人知晓,今日让柳生撞见,柳生岂不昏昏沉沉如同坠入梦中。刚才那一声惊叫,就如弦断一般,吟哦之声戛然而止。

接下去万籁无声,似乎四周的一切都在烟消云散。半晌,柳生才算回过神来。回味刚才的情形,真有点虚无缥缈,然而又十分真切。再看那窗口,一片空空。但是风依旧拂拂而下,依旧香气袭人,柳生觉到了一丝温暖,这温暖恍若来自刚才那女子的躯体,使柳生觉得女子仍在绣楼之中。于是仿佛亲眼见到风吹在女子身上,吹散了她身上的袭人香气和体温,又吹到了楼下。柳生伸出右手,轻轻抚摸风中的温暖。

此时一个丫鬟模样的女子出现在窗口,她对柳生说:

"快些离去。"

她虽是怒目圆睁,神色却并不凶狠,柳生觉得这怒是佯装而成。柳生自然不会离去,仍然看着窗户目不斜视。倒是丫鬟有些难堪,一个男子如此的目光委实难以承受。丫鬟离开了窗户。

窗户复又空洞起来，此刻暮色越发沉重了，绣楼开始显得模模糊糊。柳生隐约听得楼上有说话之声，像是进去了一个婆子，婆子的声音十分洪亮。下面是丫鬟尖厉的叫嚷，最后才是小姐。小姐的声音虽如滴水一般轻盈，柳生还是沐浴到了。他不由微微一笑，笑容如同水波一般波动了一下，柳生自己丝毫不觉。

丫鬟再次来到窗口，嚷道：

"还不离去！"

丫鬟此次的面容已被暮色篡改，模糊不清，只是两颗黑眼珠子亮晶晶，透出许多怒气。柳生仿佛不曾听闻，如树木种下一般站立着。又怎能离去呢？

渐渐地，绣楼变得黑沉沉，此刻那敞着的窗户透出了丝丝烛光，烛光虽然来到窗外，却不曾掉落在地，只在柳生头顶一尺处来去。然而烛光却是映出了楼内小姐的身影，投射在梁柱上，刚好为柳生目光所及。小姐低头沉吟的模样虽然残缺不全，可却生动无比。

有几滴雨水落在柳生仰视的脸上，雨水来得突然，柳生全然不觉。片刻后雨水放肆起来，劈头盖脸朝柳生打来。他始才察觉，可仍不离去。

丫鬟又在窗口出现，丫鬟朝柳生张望了一下，并不说话，只是将窗户关闭。小姐的身影便被毁灭。烛光也被收了进去，为窗纸所阻，无法复出。

雨水斜斜地打将下来，并未打歪柳生的身体，只是打落了他头戴的小帽，又将他的头发朝一边打去。雨水来到柳生身上，曲折而下。半晌,柳生在风雨声里,渐渐听出了自己身体的滴答之声。然而他无暇顾及这些,依然仰视楼内的烛光,烛光在窗纸上跳跃抖动。虽不见小姐的身影,可小姐似乎更为栩栩如生。

窗户不知何故复又打开,此刻窗外风雨正猛。丫鬟先是在窗口露了一下,片刻后小姐与丫鬟双双来到窗口,朝柳生张望。柳生尚在惊喜之中,楼上两人便又离去,只是窗户不再关闭。柳生望到楼内梁柱上身影重叠,又瞬时分离。不一刻,楼上两人又行至窗前,随即一根绳子缓缓而下,在风雨里荡个不停。柳生并未注意这些,只是痴痴望着小姐。于是丫鬟有些不耐烦,说道:

"还不上来。"

柳生还是未能明白,见此状小姐也开了玉口:

"请公子上来避避风雨。"

这声音虽然细致,却使勇猛的风雨之声顷刻消去。柳生始才恍然大悟,举足朝绳子迈去,不料四肢异常僵硬。他在此站立多时不曾动弹,手脚自然难以使唤。好在不多时便已复原,他攀住绳子缓缓而上,来到窗口,见小姐已经退去,靠丫鬟相助他翻身跃入楼内。

趁丫鬟收拾绳子关闭窗户,柳生细细打量小姐。小姐正在离他五尺之远处亭亭玉立,只见她霞裙月帔,金衣玉身。朱唇未动,柳生已闻得口脂的艳香。小姐羞答答侧身向他。这时丫鬟走到小姐近旁站立。柳生慌忙向小姐施礼:

"小生姓柳名生。"

小姐还礼道:

"小女名惠。"

柳生又向丫鬟施礼，丫鬟也还礼。

施罢礼，柳生见小姐丫鬟双双掩口而笑。他不知是自己模样狼狈，也赔上几声笑。

丫鬟道：

"你就在此少歇，待雨过后，速速离去。"

柳生并不作答，两眼望小姐。小姐也说：

"公子请速更衣就寝，免得着凉。"

说毕，小姐和丫鬟双双向外屋走去。小姐细袖摇曳，玉腕低垂离去。那离去的身姿，使柳生蓦然想起白日里所见鱼儿扭动的妩媚。丫鬟先挑起门帘出去，小姐行至门前略为迟疑，挑帘而出时不禁回眸一顾。小姐这回眸一顾，可谓情意深长，使柳生不觉神魂颠倒。

良久，柳生才知小姐已经离去，不由得心中一片空落落不知如何才是。环顾四周，见这绣楼委实像是书房，一摞摞书籍整齐地堆在梁子上，一张瑶琴卧案而躺。然后柳生才看到那张红木雕成的绣床，绣床被梅花帐遮去了大半。一时间柳生觉得心旌摇晃，浑身上下有一股清泉在流淌。柳生走到梅花帐前，嗅到了一股柏子香味，那翡翠绿色的被子似乎如人一般仰卧，花纹在烛光里躲躲闪闪。小姐虽去，可气息犹存。在柏子的香味中，柳生嗅出了另一种淡雅的气息，那气息时隐时现，似真似假。

柳生在床前站立片刻，便放下了梅花帐，帐在手里恍若是小姐的肌肤一般滑润。梅花帐轻盈而下，一直垂至地下弯曲起来。

柳生退至案前烛光下，又在瓷凳上坐下，再望那床，已被梅花帐遮掩，里面翡翠绿色的被子隐隐可见，状若小姐安睡。此刻柳生俨然已成小姐的郎君。小姐已经安睡，他则挑灯夜读。

柳生见案上翻着一本词集，便从小姐方才读过处往下读去。字字都在跳跃，就像窗外的雨水一般。柳生沉浸在假想的虚景之中，听着窗外的点滴雨声，在这良辰美景里缓缓睡去。

蒙蒙眬眬里，柳生听得有人呼唤，那声音由远而近，飘飘而来。柳生蓦然睁开眼来，见是小姐伫立身旁。小姐此刻云髻有些凌乱，脸上残妆犹见。虽是这副模样，却比刚才更为生动撩人。一时间柳生还以为是梦中的情景，当听得小姐说话，才知情景的真切。

小姐说：

"雨已过去，公子可以上路了。"

果然窗外已无雨水之声，只是风吹树叶沙沙响着。

见柳生一副神情恍惚的模样，小姐又说：

"那是树叶之声。"

小姐站在阴暗处，烛光被柳生所挡。小姐显得幽幽动人。柳生凝视片刻，不由长叹一声，站立起来道：

"今日一别，难再相逢。"

说罢往窗口走去。

可是小姐纹丝未动，柳生转回身来，才见小姐眼中已是泪光闪闪，那模样十分凄楚。柳生不由走上前去，捏住小姐低垂的玉腕，举到胸襟。小姐低头不语，任柳生万般抚摸。半响，小姐

才问:

"公子从何而来?将去何处?"

柳生如实相告,又去捏住小姐另一只手。此刻小姐才仰起脸来细细打量柳生。两人执手相看,叙述一片深情。

此刻烛光突然熄灭,柳生顺势将玉软香温的小姐抱入怀中。小姐轻轻"呀"了一声,便不再做声,却在柳生怀里颤抖不已。此时柳生也已神魂颠倒。仿佛万物俱灭,唯两人交融在一起。柳生抚摸不尽,听得呼吸声长短不一,也不知哪声是自己,哪声是小姐。一个是寡阴的男子,一个是少阳的女子,此刻相抱成团,如何能分得出你我。

窗外传来更夫打更的声响,才使小姐蓦然惊醒过来。她挣脱柳生的搂抱,沉吟片刻,说道:

"已是四更天,公子请速速离去。"

柳生在一片黑色中未动,半晌才答应一声,然后手摸索到了包袱,接着又是久久站立。

小姐又说:

"公子离去吧。"

那声音凄凉无比,柳生听了小姐的微微抽泣声,不觉自己也泪流而下。他朝小姐摸索过去,两人又是一阵难分你我的搂抱。然后柳生朝窗口走去。行至窗前,听得小姐说:

"公子留步。"

柳生转回身去,看着小姐模糊的黑影在房里移动,接着又听到剪刀咔嚓一声。片刻后,小姐向他走来,将一包东西放入他手中。柳生觉得手中之物沉甸甸，也不去分辨是何物，只是将其放入包袱。然后柳生爬出窗外，顺绳而下。

着地后柳生抬头仰视，见小姐站立窗前，只能看到一个身影。小姐说：

"公子切记，不管榜上有无功名，都请早去早回。"

说罢，小姐关闭了窗户。柳生仰视片刻便转身离去。后门依旧敞着，柳生来到了院外。有几滴残雨打在他脸上，十分阴冷，然后听到了马嘶声，马嘶声在寂静的夜色里嘹亮无比。柳生走过了空空荡荡的街市，并未遇上行人，只是远远看到一个更夫提着灯笼在行走。不久之后，柳生已经踏上了黄色大道。良久，晨光才依稀显露出来。柳生并不止步，看看远近的茅舍树木开始恢复原貌，柳生感到足下的大道踏实起来。待红日升起时，他已经远离了小姐的绣楼。他这才打开包袱，取出小姐给他的那一包东西。打开后，他看到了一缕乌黑的发丝和两封雪白的细丝锭子，它们由一块绣着一对鸳鸯的手帕包起。柳生心中不由流淌出一股清泉，于是收起，重新放入包袱，耳边不觉响起小姐临别之言：

"早去早回。"

柳生疾步朝前走去。

二

数月后，柳生落榜归来。他在黄色大道上犹豫不决地行走。虽一心向往与小姐重逢，可落榜之耻无法回避。他走走停停，时快时慢。赴京之时尚是春意喧闹，如今归来却已是萧萧秋色。极目远眺，天淡云闲，一时茫茫。眼看着那城渐近，柳生越发百感交集。近旁有一条河流，柳生便走到水旁，见水中映出的人并非锦衣绣缎，只是布衣褴褛。心想赴京之时是这般模样，归来仍旧是这般模样。季节尚能更换，他却无力锦衣荣归，又如何有脸与小姐相会。

柳生心里思量着重新上路，不觉来到了城门口。一片喧哗声从城门蜂拥而出，城中繁荣的景象立刻清晰在目。

柳生行至喧闹的街市，不由止步不前，虽然离去数月，可街市的面貌依然如故，全不受季节更换影响。柳生置身其间，再度回想数月前与小姐绣楼相逢之事，似乎是虚幻中的一桩风流逸事。然而小姐临别之言却千真万确，小姐的声音点滴响起：

"不管榜上有无功名，都请早去早回。"

柳生此刻心里波浪迭起，不能继续犹豫，便疾步朝前走去。小姐伫立窗口远眺的情景，在柳生疾步走去时栩栩如生。因为过久的期待而变得幽怨的目光，在柳生的想象里含满泪水。重逢的情形是黯然无语，也可能是鲜艳的。他将再次攀绳而上则必定无疑。

然而柳生行至那富贵的深宅大院前，展示给他的却是断井颓垣，一片废墟。小姐的绣楼已不复存在，小姐又如何能够伫立窗前？面对一片荒凉，柳生一阵头晕目眩。眼前的一切始料不及，似乎是瞬间来到。回想数月前首次在这里所见的荣华富贵，历历在目似乎就在刚才。再看废墟之上却是朽木烂石，杂草丛生，一片凄凉景象，往日威武的石狮也不知去向。

柳生在往日的正门处呆立半晌，才沿着那一片废墟走去。行不多远他止住脚步，心说此处便是偏门。偏门处自然也是荒凉一片。柳生继续行走，来到了往日的后花园处，一截颓垣孤苦伶仃站立着，有半扇门斜靠在那里。这后门倒还依稀可见。柳生踏上废墟，深浅不一地行走过去，细细分辨何处是九曲石桥，何处是荷花满盖的池塘，何处是凉亭和朱栏，何处是翠竹百十竿，何处是桃杏争妍。往日的一切皆烟消云散，倒是两棵大枫树犹存，可树干也已是伤痕累累。那当初尚是枯黄的枫叶，入了秋季，又几经霜打，如今红红一片，如同涂满血一般，十分耀眼。几片落叶纷纷扬扬掉落下来，这枫树虽在盛时，可也已经显露出落魄的光景来了。

　　最后，柳生才来到往日的绣楼前。见几堆残瓦，几根朽木，中间一些杂草和野花。往昔繁荣的桃杏现在何方？唯有几朵白色的野花在残瓦间隙里苟且生长。柳生抬头仰视，一片空旷。可是昔日攀绳而上进入绣楼的情景，在这一片空旷里隐约显露出来。显然是重温，可也十分真切，仿佛身临其境。然而柳生的重温并未持续到最后，而在道出那句"今日一别，难再相逢"处蓦然终止。绣楼转瞬消去，那一片空旷依旧出现。柳生醒悟过来，仔细回味这话，没料到居然说中了。

　　此刻暮色开始降临，柳生依旧站立片刻，然后才转身离去。他离去时仍然走来时的路，如数月前一般走出后门。此后在废墟一旁行走，最后一次回顾昔日的繁荣。

　　待柳生来到街市上，已是掌灯时候。两旁酒楼茶亭悬满灯笼，耀如白日。街上依旧人流不息，走路人并不带灯笼。柳生向两旁卖酒的，卖茶的，卖面的，卖馄饨的——打听小姐的去向，然而无人知晓。正在惆怅时，一小厮指点着告知柳生：

"这人一定知晓。"

柳生随即望去，见酒店柜台外一人席地而坐，蓬头垢面衣衫褴褛。小厮告知柳生，此人即是那深宅大院的管家。柳生赶紧过去，那管家两眼睁着，却是无精打采，见柳生过去，便伸出一只满是污垢的手，向柳生乞讨。柳生从包袱里摸出几文放入他的手掌。管家接住立即精神起来，站起把钱拍在柜台上，要了一碗水酒，一饮而尽，随即又软绵绵坐下去斜靠在柜台上。柳生向他打听小姐的去处，他听后双眼一闭，喃喃说道：

"昔日的荣华富贵啊。"

翻来覆去只此一句。柳生再问过一次，管家睁开眼来，一双污手又伸将过来。柳生又给了几文，他照旧换了水酒喝下，而回答柳生的仍然是：

"昔日的荣华富贵啊。"

柳生叹息一声，知道也问不出什么，便转身离去，他在街市里行走了数十步，然后不知不觉地拐入一条僻巷。巷中一处悬着灯笼，灯笼下正卖着茶水。柳生见了，才发觉自己又饥又渴，就走将过去，在一条长凳上落座，要了一碗茶水，慢慢饮起来。身旁的锅里正煮着水，茶桌上插着几株时鲜的花朵。柳生辨认出是菊花、海棠、兰花三种。柳生不由想起数月前步入那后花园的情形，那时桃、杏、梨三花怒放，而菊、兰和海棠尚未盛开。谁想到如今却在这里开放了。

三

三年后,柳生再度赴京赶考,依旧行走在黄色大道上。虽然仍是阳春时节,然而四周的景致与前次所见南辕北辙,既不见桃李争妍,也不见桑麻遍野。极目望去,树木枯萎,遍野黄土;竹篱歪斜,茅舍在风中摇摇欲坠。倒是一幅寒冬腊月的荒凉景致。一路走来,柳生遇到的尽是些衣衫褴褛的行乞之人。

柳生在这荒年里,依然赴京赶考。他在走出茅舍之时,母亲布机上的沉重声响并未追赶而出,母亲已安眠九泉之下。母亲死后的一些日子,他靠的是三年前小姐所赠的两封纹银度日,才算活下来。若此去再榜上无名,柳生将永无光耀祖宗的时机。他在踏上黄色大道时蓦然回首,茅屋上的茅草在风中纷纷扬扬。于是他赶考归来时茅屋的情形,在此刻已经预先可见。茅屋也将像母亲布机上的沉重声响一般,消失得无影无踪。

柳生行走了数日,一路之上居然未见骑马的达官贵人,也不曾遇上赴京赶考的富家公子。脚下的黄色大道坎坷不平,在荒年里疲惫延伸。他曾见一人坐在地上,啃吃翻出泥土的树根,吃得满嘴是泥。从这人已不能遮体的衣衫上,柳生依稀分辨出是上好料子的绣缎。富贵人家都如此沦落,穷苦人家也就不堪设想。柳生感慨万分。

一路之上的树木皆伤痕累累,均为人牙所啃。有些树木还嵌着几颗牙齿，想必是用力过猛，牙齿便留在了树上。而路旁的尸骨，横七竖八，每走一里就能见到三两具残缺不全的人尸。那些人尸都是赤条条的，男女老幼皆有，身上的褴褛衣衫都被剥去。

　　柳生一路走来，四野里均是黄黄一片，只一次见到一小块绿色青草。却有十数人趴在草上，臀部高高翘起，急急地啃吃青草，远远望去真像是一群牛羊。他们啃吃青草的声响沙沙而来，犹如风吹树叶一般。柳生不敢目睹下去，急忙扭头走开。然而扭头以后见到的另一幕，却是一个垂死之人在咽一撮泥土，泥土尚未咽下，人就猝然倒地死去。柳生从死者身旁走过，觉得自己两腿轻飘，真不知自己是行走在阳间的大道，还是阴间的小路。

　　这一日，柳生来到了岔路口，驻足打量，渐渐认出这个地方。再一看，此处早已面目全非。三年前的青青芳草，低垂长柳而今毫无踪迹。草已被连根拔去，昨日所见十数人啃吃青草的情景在这里也曾有过。而柳树光秃秃的虽生犹死。河流仍在。柳生行至河旁，见河流也逐渐枯干，残留之水混浊不清。柳生伫立河旁，三年前在此所见的一切慢慢浮现。曾有一条白色的鱼儿在水中游来游去，那躯体扭动得十分妩媚。于是在绣楼里看小姐朝外屋走去的情景，也一样清晰在目。虽然时隔三年，可往日的情景仿佛就在眼前。可是又转瞬消逝，眼前只是一条行将枯干的河流。在混浊的残水里，如何能见白色鱼儿的扭动？而小姐此刻又在何方？是生是死？柳生抬头仰视，一片茫然。

　　柳生重新踏上黄色大道时，已能望到那城，一旦越走越近，往事重又涌上心头。小姐的影子飘飘忽忽，似近似远，仿佛伴随他行走。而那富贵的深宅大院和荒凉的断井残垣则交替出现，有时竟然重叠在一起。

仅到城边，柳生就已嗅到了城中破落的气息。城门处冷冷清清，全不见乡里人挑着担子、提着篮子进出的情景，也不见富家公子游手好闲的模样。城内更无沸腾的人声，只是一些面黄肌瘦的人四分五裂地独自行走。即便听得一些说话声，也是有气无力。虽然仍是五步一楼，十步一阁，可楼阁之上的金粉早已驳落，露出了里面的丧气。柳生走在街市上，已经没有仕女游人，而一些布衣寒士满脸的丧魂落魄。昔日铺满街道的茶亭酒店如今寥寥无几，大多已经关门闭店，人去屋空。灰尘布满了门框和窗棂。幸存的几家也挂不出肥肥的羊肉，卖不出橘饼和粽子了。酒保小厮都是一脸的呆相，活泼不起来。酒店的柜子上依旧放着些盘子，可不是一排铺开，而是摞在一起。盘中空空无物，更不见乡里人捧着汤面薄饼来卖。

柳生一边行走，一边回想昔日的繁荣，似乎在梦境之中。世事如烟，转瞬即逝。不觉来到了那座庙宇前。再看这昔日金碧辉煌的庙宇，如今一副落魄的模样。门前的石阶断断续续，犹如山道一般杂乱。庙内那棵百年柏树已是断肢残体。柱子房梁斑斑驳驳，透出许多腐朽来。铺砖的地上是杂草丛生。柳生站立片刻，拿下包袱，从里取出几张事先完成的字画，贴在庙墙之上。虽有一些过往的人，却都是愁眉苦脸，谁还有闲情逸致来附庸风雅？柳生期待良久，看这寂寞的光景，想是不会有人来买他的字画了，只得收起放入包袱。柳生这一路过来，居然未卖出一张字画，常常忍饥挨饿。小姐昔日所赠的纹银已经剩余不多，柳生岂敢随便花用。

柳生离了庙宇，又行至街市上，再度回想昔日的繁华，又是一番感慨。这感慨其实源于小姐的绣楼和那气派的深宅大院。看到这城也如此落难，再想那绣楼的败落，柳生心里不再一味感伤小姐，开始感叹世事的瞬息万变。

这么想着，柳生来到了那一片断井颓垣的废墟前。三年下来，此处今日连断井颓垣也无影无踪，眼前出现的只是一片荒地。小姐的绣楼已无法确认，整个荒地里只是依稀有些杂草，一片残瓦、一根朽木都难以找到。若不是那两棵状若尸骨的枫树，柳生怕是难以确认此处。仿佛此处已经荒凉了百年，不曾有过富贵的深宅大院，不曾有过翠树和鲜花，不曾有过后花园和绣楼，也不曾有过名惠的小姐。而柳生似也不曾来过这里，即便三年前来过，那三年前这里也是一片荒地。

柳生站立良久，始才转身离去。离去时觉得身子有些轻飘。对小姐的沉重思念，不知不觉中淡去了许多。待他离去甚远，那思念也瓦解得很干净了。似乎他从未有过那一段销魂的时光。

柳生并未返回街市，而是步入了一条僻巷。柳生行走其间，只是两旁房屋蛛网悬挂，不曾听得有人语之声，倒也冷清。柳生此刻不愿步入街市与人为伍，只图独个儿走走，故而此僻巷甚合他意。

柳生步穿了僻巷，来到一片空地上，只有数十荒冢，均快与地面一般平了，想是年久无人理睬。再看不远处有一茅棚，棚内二人都屠夫模样,棚外有数人。柳生尚不知此处是菜人市场,便走将过去。因为荒年粮无颗粒,树皮草根渐尽,便以人为粮,一些菜人市场也就应运而生。

棚内二人在磨刀石上磨着利斧,棚外数人提篮挑担仿佛守候已久,篮与担内空空无物。柳生走到近旁,见不远处来了三人,一个衣不蔽体的男子走在头里,后面跟着一妇一幼,这一妇一幼也衣不蔽体。那男子走入棚内,棚内二人中一店主模样的就站立起来。男子也不言语,只是用手指点指点棚外的一妇一幼。店主瞧了一眼,向那男子伸出三根手指,男子也不还价,取了三吊钱走出棚外径自去了。柳生听得那幼女唤了一声"爹",可那男子并不回首,疾走而去,转眼消失了。

再看店主,与伙计一起步出棚外,将那妇人的褴褛衣衫撕了下来,妇人便赤条条一丝不挂了。妇人的腹部有些肿胀,而别处却奇瘦无比。妇人被撕去衣衫时,也不做挣扎,只是身子晃动了一下,而后扭过头去看身旁的幼女。那两人在撕幼女的衣衫,幼女挣扎了一下,但仰脸看了看妇人后便不再动了。幼女看上去才十来岁光景,虽然瘦骨伶仃,可比那妇人肥胖些。

棚外数人此刻都围上前去,与店主交涉起来。听他们的话语,似乎都看中了那个幼女,他们嫌妇人的肉老了一些。店主有些不耐烦,问道:

"是自家吃,还是卖与他人?"

有二人道是自家吃,其余都说卖与他人。

店主又说:

"若卖与他人，还是肉块大一些好。"

店主说着指点一下妇人。

又交涉一番，才算定下来。

这时妇人开口说道：

"她先来。"

妇人的声音模糊不清。

店主答应一声，便抓起幼女的手臂，拖入棚内。

妇人又说：

"行行好，先一刀刺死她吧。"

店主说：

"不成，这样肉不鲜。"

幼女被拖入棚内后，伙计捉住她的身子，将其手臂放在树桩上。幼女两眼瞟出棚外，看那妇人，所以没见店主已举起利斧。妇人并不看幼女。

柳生看着店主的利斧猛劈下去，听得"咔嚓"一声，骨头被砍断了，一股血四溅开来，溅得店主一脸都是。

幼女在"咔嚓"声里身子晃动了一下，然后她才扭回头来看个究竟，看到自己的手臂躺在树桩上，一时间目瞪口呆。半晌，才长号几声，身子便倒在了地上。倒在地上后哭喊不止，声音十分刺耳。

店主此刻拿住一块破布擦脸，伙计将手臂递与棚外一提篮的人。那人将手臂放入篮内，给了钱就离去。

这当儿妇人奔入棚内，拿起一把放在地上的利刃，朝幼女胸口猛刺。幼女窒息了一声,哭喊便戛然终止。待店主发现为时已晚。店主一拳将妇人打到棚角,又将幼女从地上拾起,与伙计二人令人眼花缭乱地肢解了幼女,一件一件递与棚外的人。

柳生看得魂不附体,半晌才醒悟过来。此刻幼女已被肢解完毕,店主从棚角拖出妇人。柳生不敢继续目睹,赶紧转身离去,躲入僻巷。然而店主斧子砍下的沉重声响与妇人撕裂般的长号却追赶而来,使柳生一阵颤抖,直到他疾步走出僻巷,那些声音才算消失。可是刚才的情景却难以摆脱,凄惨惨地总在柳生眼前晃动。无论柳生走到何处,这惨景就是不肯消去。柳生看着暮色将临,他不敢在城里露宿,便急急走到城外。踏上黄色大道时,才算稍稍平静一些。不久一轮寒月悬空而起,柳生走在月光之下,感到一丝丝的凉意。

四

次日午后,柳生来到一村子。这村子不过十数人家,均是贫寒的茅舍。茅舍上虽有烟囱挺立,却丝毫不见炊烟升空四散开去的情景。因为日光所照,道上盖着一层尘灰,柳生走在上面,尘土如烟般腾起。道上依稀留有几双人过后的足印,却没有马蹄的痕迹,也没有狗和猪羊家禽的印迹。有一条短路从道旁岔开去,岔处下是一条涧沟。涧沟里无水,稀稀长着几根黄草。涧沟上有一小小板桥。柳生没有跨上板桥,所以也就不踏上那条小路。他走入了道旁的茅屋。

这茅屋是个酒店。柜上摆着几个盘子，盘中均是大块的肉，煮得很白。店内三人，一个店主身材瘦小，两个伙计却是五大三粗。虽然都穿着布衫，倒也整洁，看不到上面有补丁。在这大荒之年，这酒店居然如石缝中草一般活下来，算是一桩奇事了。再看店内三人，虽说不上是红光满面，可也不至于面黄肌瘦。柳生一路过来，很少看到还有点人样的人。

柳生昨日黄昏离开那城，借着月光一直走到三更时候，才在一破亭里歇脚，将身子像包袱般蜷成一团，倒在亭角睡去。次日熹微又起身赶路，如今站在这酒店门外，只觉得自己身子摇晃双眼发飘。一日多来饭没进一口，水没喝一滴，又不停赶路，自然难以支持下去，那店主此刻满脸笑容迎上去，问：

"客官要些什么？"

柳生步入酒店，在桌前坐定，只要了一碗茶水和几张薄饼。店主答应一声，转眼送了上来。柳生将茶水一口饮尽，而后才慢慢吃起了薄饼。

这时节，一个商人模样的人走将进来，这人身着锦衣绣缎，气宇不凡，身后跟着两个家人，都挑着担。商人才在桌前坐定，店主就将上好的水酒奉上，并且斟满一盅推到他面前。商人将水酒一饮而尽，随后从袖内掏出一把碎银拍在桌上，说：

"要荤的。"

那两个伙计赶紧端来两盘白白的肉，商人只是看了一眼，就推给了家人，又道：

"要新鲜的。"

店主忙说：

"就去。"

说罢和两个伙计走入了另一间茅屋。

柳生吃罢薄饼，并不起身，他依旧坐着，此刻精神了许多，便打量起近旁这三人来。两个家人虽也坐下，但主人要的菜未上，也就不敢动眼皮底下的肉。那商人一盅一盅地喝着酒，才片刻工夫就不耐烦，叫道：

"还不上菜？！"

店主在旁屋听见了，忙答应：

"就来，就来。"

柳生才站立起来，背起包袱正待往外走去，忽然从隔壁屋内传出一声撕心裂肺般的喊叫，声音疼痛不已，如利剑一般直刺柳生胸膛。声音来得如此突然，使柳生好不惊吓。这一声喊叫拖得很长，似乎集一人毕生的声音一口吐出，在茅屋之中呼啸而过。柳生仿佛看到声音刺透墙壁时的迅猛情形。

然后声音戛然而止，在这短促的间隙里，柳生听得斧子从骨头中发出的吱吱声响。因此昨日在城中菜人市场所见的一切，此刻清晰重现了。

叫喊声复又响起，这时的喊叫似乎被剁断一般，一截一截而来。柳生觉得这声音如手指一般短，一截一截十分整齐地从他身旁迅速飞过。在这被剁断的喊叫里，柳生清晰地听到了斧子砍下去的一声声。斧子声与喊叫声此起彼伏，相互填补了各自声音的间隙。

柳生不觉毛骨悚然。然而看那坐在近旁的三人，全然不曾听闻一般，若无其事地饮着酒。商人不时朝那扇门看上一眼，仍是一副十分不耐烦的模样。

隔壁的声音开始细小下去，柳生分辨出是一女子在呻吟。呻吟声已没有刚才的凶猛，听来似乎十分平静，平静得不像是呻吟，倒像是瑶琴声声传来，又似吟哦之声飘飘而来。那声音如滴水一般。三年前柳生伫立绣楼窗下，聆听小姐吟哦诗词的情形，在此刻模模糊糊地再度显示出来。柳生沉浸在一片无声无息之中。然而转瞬即逝，隔壁的声音确实是在呻吟。柳生不知为何蓦然感到是小姐的声音，这使他微微颤抖起来。

柳生并未知道自己正朝那扇门走去。来到门口，恰逢店主与两个伙计迎面而出。一个伙计提着一把溅满血的斧子，另一个伙计倒提着一条人腿，人腿还在滴血。柳生清晰地听到了血滴在泥地上的滞呆声响。他往地上望去，都是斑斑血迹，一股腥味扑鼻而来。可见在此遭宰的菜人已经无数了。

柳生行至屋内，见一女子仰躺在地，头发散乱，一条腿劫后余生，微微弯曲，另一条腿已消失，断处血肉模糊。柳生来到女子身旁，蹲下身去，细心拂去遮盖在女子脸上的头发。女子杏眼圆睁，却毫无光彩。柳生仔细辨认，认出来正是小姐惠，不觉一阵天旋地转。没想到一别三年居然在此相会，而小姐竟已沦落为菜人。柳生泪如泉涌。

小姐尚没咽气，依旧呻吟不止。难忍的疼痛从她扭曲的脸上清晰可见。只因声音即将消耗完毕，小姐最后的声音化为呻吟时，细细长长如水流潺潺。虽然小姐杏眼圆睁,可她并未认出柳生。显示在她眼中的只是一个陌生的男子,她用残留的声音求他一刀把她了结。

任凭柳生百般呼唤,小姐总是无法相认。在一片无可奈何与心如刀割里,柳生蓦然想起当初小姐临别所赠的一绺头发,便从包袱中取出,捧到小姐眼前。半晌,小姐圆睁的杏眼眨了一下,呻吟声戛然终止。柳生看到小姐眼中出现了闪闪泪光,却没看到小姐的手正朝他摸索过来。

小姐用最后的声音求柳生将她那条腿赎回,她才可完整死去。又求他一刀了结自己。小姐说毕,十分安然地望着柳生,仿佛她已心满意足。在这临终之时,居然能与柳生重逢,她也就别无他求。

柳生站立起来,走出屋门,走入酒店的厨房。此刻一个家人正在割小姐断腿上的肉。那条腿已被割得支离破碎。柳生一把推开家人,从包袱里掏出所有银子扔在灶台上。这些银子便是三年前小姐绣楼所赠银子的剩余。柳生捧起断腿时,同时看到案上摆着一把利刀。昨日在城中菜人市场,所见妇人一刀刺死其幼女的情景复又出现。柳生迟疑片刻,便毅然拿起了利刀。

柳生重新来到小姐身旁,小姐不再呻吟,她幽幽地望着柳生,这正是柳生想象中小姐伫立窗前的目光。见柳生捧着腿进来,小姐的嘴张了张,却没有声音。小姐的声音已先自死去了。

柳生将腿放在小姐断腿处,见小姐微微一笑。小姐看了看他手中的利刀,又看了看柳生。小姐所期待的,柳生自然明白。

小姐虽不再呻吟,却因为难忍的疼痛,她的脸越发扭曲。柳生无力继续目睹这脸上的凄惨,他不由闭上双眼。半晌,他才向小姐胸口摸索过去,触摸到了微弱的心跳,他似乎觉得是手指在微微跳动。片刻后他的手移开去,另一只手举起利刀猛刺下去。下面的躯体猛地收起,柳生凝住不动,感觉着躯体慢慢松懈开来。待下面的躯体不再动弹,柳生开始颤抖不已。

良久,柳生才睁开双眼,小姐的眼睛已经闭上,脸也不再扭曲,其神色十分安详。

柳生蹲在小姐身旁,神色恍惚。无数往事如烟般弥漫而来,又随即四散开去。一会是眼花缭乱的后花园景致,一会是云霞翠柱的绣楼,到头来却是一片空空,一派茫茫。

然后柳生抱起小姐,断腿在手臂上弯曲晃荡,他全然不觉。走出屠屋,行至店堂,也不见那商人正如何兴致勃勃啃吃小姐腿肉。他步出酒店踏上黄色大道。极目远望,四野里均为黄色所盖。在这阳春时节竟望不到一点绿色,又如何能见姹紫嫣红的鲜艳景致呢?

柳生朝前缓步行走,不时低头俯看小姐,小姐倒是一副了却了心愿的平和模样。而柳生却是魂已断去,空有梦相伴随。

走不多远,柳生来到一河流旁。河两岸是一片荒凉,几棵枯萎的柳树状若尸骨。河床里尚遗留一些水,水虽然混浊,却还在流动,竟也有些潺潺之声。柳生将小姐放在水旁,自己也坐下去。

再端详起小姐来。身子上有许多血迹,还有许多污泥。柳生便解开小姐身子上的褴褛衣衫,听得一声声衣衫撕裂的声响。少顷，小姐身子清清白白地显露出来。柳生用河中之水细心洗去小姐身上的血迹和污泥。洗至断腿，断腿千疮百孔，惨不忍睹。柳生不由闭上双眼，在昨日城中菜人市场所见的情景复现里，他将断腿移开。

重新睁开眼来，腿断处跃入眼帘。斧子乱剁一阵的痕迹留在这里，如同乱砍之后的树桩。腿断处的皮肉七零八落地互相牵挂在一起，一片稀烂。手指触摸其间，零乱的皮肉柔软无比，而断骨的锋利则使手指一阵惊慌失措。柳生凝视很久，那一片断井颓垣仿佛依稀出现了。

不久胸口的一摊血迹来到。柳生仔细洗去血迹，被利刀捅过的创口皮肉四翻，里面依然通红，恰似一朵盛开的桃花。想到创口是自己所刺，柳生不觉一阵颤抖。三年积累的思念，到头来化为一刀刺下。柳生真不敢相信如此的事实。

将小姐擦净之后，柳生再次细细端详，小姐仰躺在地，肌肤如冰之清，如玉之润。小姐是虽死犹生。而柳生坐在一旁，却是茫茫无知无觉，虽生犹死。

然后柳生从包袱里取出自己换洗的衣衫，给小姐套上。小姐身着宽大的衣衫，看去十分娇小。这情形使柳生泪如雨下。

柳生在近旁用手指挖出一个坑，又折了许多枯树枝填在坑底和两侧，再将小姐放入，然后在小姐身上盖满树枝。小姐便躲藏起来，可又隐约能见。柳生将土盖上去，筑起一座坟冢，又在坟上洒了些许河中之水。

而后便是在坟前端坐，脑中却是空空无物。直到一轮寒月升空,柳生才醒悟过来。见月光照在坟上反射出许多荧荧之光。柳生听得河水潺潺流动,心想小姐或许也能听到,若小姐也能听到便不会寂寞难忍。

这么想着,柳生站立起来,踏上了月色溶溶的大道,在万籁俱灭的夜色里往前行走。在离小姐逐渐远去的时刻里,柳生心中空空荡荡,他只听到包袱里笔杆敲打砚台的孤单声响。

五

数年后,柳生第三次踏上黄色大道。

虽然他依旧背着包袱,却已不是赴京赶考。自从数年前葬了小姐,柳生尽管依然赴京,可心中的功名渐渐四分五裂,消散而去。故而当又是榜上无名,柳生也全无愧色,十分平静地踏上了归途。

数年前,柳生落榜而归,再至安葬小姐的河边时,已经无法确认小姐的坟冢,河边蓦然多出了十数座坟冢,都是同样的荒凉。柳生站立河边良久,始才觉得世上断肠人并非只他一人。如此一想倒也去掉了许多感伤。柳生将那些荒冢,一一除了草,又一一盖了新土。又凝视良久,仍无法确认小姐安睡之处,便叹息一声离去了。

柳生一路行乞回到家中时,那茅屋早无踪影。展现在眼前的只是一块空地,母亲的织布机也不知去向。这情景尚在柳生离开时便已预料到了,所以他丝毫没有惊慌。他思忖的是如何活下去。在此后的许多时日里，柳生行乞度日。待世上的光景有所转机，他才投奔到一大户人家，为其看守坟场。柳生住在茅屋之中，只干些为坟冢除草添土的轻松活儿，余下的时间便是吟诗作画。虽然穷困，倒也过得风流。偶尔也会惦记起一些往事，小姐的音容笑貌便会栩栩如生一阵子。每临此刻，柳生总是神思恍惚起来，最终以一声叹息了却。如此度日，一晃数年过去了。

这一年清明来到，主人家中大班人马前来祭扫祖坟。丫鬟婆子家人簇拥着数十个红男绿女，声势浩荡而来。满目琳琅的供品铺展开来，一时间坟前香烟缭绕，哭声四起。柳生置身其间，不觉泪流而下。柳生流泪倒不是为坟内之人，实在是触景生情。想到虽是清明时节，却不能去父母坟前祭扫一番，以尽孝意。随即又想起小姐的孤坟，更是一番感慨。心说父母尚能相伴安眠九泉，小姐独自一人岂不更为凄惨。

次日清晨，柳生不辞而别。他先去祭扫了父母的坟墓，而后踏上黄色大道，奔小姐安眠的河边而去。

柳生在道上行走了数日，一路上尽是明媚春光，姹紫嫣红的欢畅景致接连不断。放眼望去，一处是桃柳争妍，一处是桑麻遍野。竹篱茅舍在绿树翠竹之间，还有涧沟里细水长流。昔日的荒凉景象已经销声匿迹，柳生行走其间，恍若重度首次踏上黄色大道的美好时光。昔日的荒凉远去，昔日的繁荣却卷土重来，覆盖了柳生的视野。然而荒凉和繁荣却在柳生心中交替出现，使柳生觉得脚下的黄色大道一会虚幻，一会不实。极目远眺，虽然鲜艳的景致欢畅跳跃，可昔日的荒凉并未真正销声匿迹，如日光下的阴影一般游荡在道旁和田野之中。柳生思忖着这一番繁荣又能维持几时呢?

柳生一路走来，遇上几个赴京赶考的富家公子，才蓦然想起又逢会试之年。算算自己首次赴京赶考，已是十多年前的依稀往事，再思量这些年来的无数曲折，不觉感叹世事突变实在无情无义。那几个富家公子都是一样的踌躇满志。柳生不由为之叹息，想世事如此变化无穷，功名又算什么。

道两旁曾经是伤痕累累的枯树，如今枝盛叶茂。几个乡里人躺在树荫下佯睡，这一番悠闲道出了世道昌盛。迎风起舞的青青芳草上，有些许牛羊懒洋洋或卧或走动。柳生如此走去，不觉又来到了岔路口，近旁的河流再度出现在他眼前。

那正是他首次赴京时留迹过的河流。河旁的青草经历了灭绝之灾，如今又茁壮成长。而长枝低垂的柳树曾状若尸骨，现在却在风中愉快摇曳。柳生走将过去，长长的青草插入裤管，引出许多亲切。来到河旁，见河水清澈见底，水面上有几片绿叶漂浮。一条白色的鱼儿在柳生近旁游来游去，那扭动的姿态十分妩媚。这里的情形居然与十多年前所见的毫无二致，使柳生一阵感慨。看鱼儿扭动的妩媚，怎能不想起小姐在绣楼里的妩媚走动?想到数年前这里的荒凉，柳生更是感慨万分。树木青草，河流鱼儿均有劫后的兴旺，可小姐却只能躺在孤坟之中，再不能复生，再不能重享昔日的荣华富贵。

柳生在河旁站立良久，始才凄然离去。来到道上，那城已依稀可见，便加快一些步子走将过去。

柳生来到城门前，听得城中喧哗的人声，又窥得马来人往的热烈情形。看来这城也复原了繁华的光景。柳生步入城内，行走在街市上，依然是五步一楼，十步一阁。金粉楼台均已修饰一新，很是气派。全不见金粉剥落、楼台蛛网遍布的潦倒模样。街市两旁酒店茶亭涌出无数来，卖酒的青帘高挑，卖茶的炭火满炉。还有卖面的，卖水饺的，测字算命的。肥肥的羊肉重新挂在酒店的柜台上，茶亭的柜子上也放着糕点好几种。再看街市里行走之人，大多红光满面，精神气爽。几个珠光宝气的仕女都有相貌甚好的丫鬟跟随，游走在街市里。一些富家公子骑着高头大马也挤在人堆之中。柳生一路走去，两旁酒保小厮招徕声热气腾腾。如此情景，全是十多年前的布置。柳生恍恍惚惚，仿佛回入了昔日的情景，不曾有过这十多年来的曲折。

片刻，柳生来到那座庙宇前。再看那庙宇，金碧辉煌。庙门敞开，柳生望见里面的百年翠柏亭亭如盖，砖铺的地上一尘不染，柱子房梁油滑光亮，也与十多年前一模一样。荒年席卷过的破落已无从辨认，那杂草丛生、蛛网悬挂的光景，只在柳生记忆中依稀显示了一下。柳生解开包袱，故技重演，取出纸墨砚笔，写几张字，画几幅花卉，然后贴在墙上，卖与过往路人。一时间竟围上来不少人。虽说瞧的多，买的少，可也不过片刻工夫，那些字画也就全被买去。柳生得了几吊钱后心满意足，放入包袱，缓步离去。

不知不觉，柳生来到那曾是深宅大院，后又是断井颓垣处。走到近旁，柳生不觉大吃一惊。断井颓垣已无处可寻，一片空地也无踪迹。展现在眼前的是一座气派异常的深宅大院。柳生看得目瞪口呆，疑心此景不过是虚幻的展示。然而凝视良久，眼前的深宅大院并未消去，倒是越发实在起来。只见朱红大门紧闭，里面飞檐重叠，鸟来鸟往，树木虽不是参天，可也有些粗壮。再看门前两座石狮，均是凶狠的模样。柳生走将过去，伸手触摸了一下石狮，觉得冰凉而且坚硬，柳生才敢确定眼前的景物并不虚幻。

他沿着院墙之外的长道慢慢行走过去。行不多远，便见到偏门。偏门也是紧闭，却听得一些院内的嬉闹之声。柳生站立一会，又走动起来。

不久来到后门外，后门敞着，与十多年前一般敞着，只是不见家人走出。柳生从后门进得后花园，只见水阁凉亭，楼台小榭，假山石屏，甚是精致。中间两口池塘，均一半被荷叶所遮，两池相连处有一拱小桥。桥上是一凉亭，池旁也有一凉亭，两侧是两棵极大的枫树。后花园的布置与十多年前稍有不同，然而枫树却正是十多年前所见的枫树。枫树几经灾难，却是容貌如故。再看凉亭，亭内置瓷墩四个，有石屏立于后。屏后是翠竹数百竿，翠竹后面是朱红的栏杆，栏杆后面花卉无数。有盛开的桃花、杏花、梨花，有不曾盛开的海棠、兰花、菊花。

柳生止住脚步，抬头仰视，居然又见绣楼，再环顾左右，居然与他首次赴京一模一样。绣楼窗户四敞，风从那边吹来，穿楼而过，来到柳生跟前。柳生嗅得一阵阵袭人的香气，不由飘飘然起来，沉浸到与小姐绣楼相会的美景中去，全然不觉这是往事，仿佛正在进行之中。

柳生觉得小姐的吟哦之声就将飘拂而来。这么想着，果然听得那奇妙的声音从窗口飘飘而出，又四散开去，然后如细雨一般纷纷扬扬降落下来。那声音点点滴滴如珠玑落盘，细细长长如水流潺潺。仔细分辨，才听出并非吟哦之声，而是瑶琴之音。然而这瑶琴之音竟与小姐的吟哦之声毫无二致。柳生凝神细听，不知不觉汇入进去。十多年间的曲折已经化为烟尘消去，柳生再度伫立绣楼之下，似乎是首次经历这良辰美景。虽然他依稀推断出接下去所要出现的情形，可这并未将他唤醒，他已将昔日与今的经历合二为一。

柳生思量着丫鬟该在窗口出现时，一个丫鬟模样的女子果然出现在窗口，她怒目圆睁，说道：

"快些离去。"

柳生不由微微一笑，眼前的情景正是意料之中。丫鬟嚷了一声后，也就离开了窗口。柳生知道片刻后，她将再次怒目圆睁地出现在窗口。

瑶琴之音并未断去，故而小姐的吟哦之声仍在继续，那声音时而悠扬，时而迟缓。小姐莫非正被相思所累？

丫鬟又来到窗口。

"还不离去？"

柳生仍是微微一笑，柳生的笑容使丫鬟不敢在窗前久立。丫鬟离去后，瑶琴之音戛然而止。然后柳生听得绣楼里走动的声响，重一点的声响该是丫鬟的，而轻一点的必是小姐在走动。

柳生觉得暮色开始沉重起来，也许片刻工夫黑夜就将覆盖下来，雨也将来到。雨一旦沙沙来到，楼上的窗户就会关闭，烛光将透过窗纸漏出几丝来，在一片风雨之中，那窗户会重新开启，小姐将和丫鬟双双出现在窗口。然后有一根绳子扭动而下，于是柳生攀绳而上，在绣楼里与小姐相会。小姐朝外屋走去时像一条白色的鱼儿一般妩媚。不久之后，小姐又来到柳生身旁，两人执手相看，千言万语却化为一片无声无息。后来柳生又攀绳而下，离去绣楼，踏上大道。数月后柳生落榜归来，再来此处，却又是一片断井颓垣。

断井颓垣的突然出现，使柳生一阵惊慌。正是此刻，绣楼上一盆凉水朝柳生劈头盖脑而来，柳生才蓦然惊醒。环顾四周，阳光明媚，方知刚才的情景只是白日一梦。而那一盆凉水十分真实，柳生浑身滴水，再看绣楼窗口，并无人影，却听得里面窃窃私笑声。少顷，那丫鬟来到窗口，怒喝：

"再不离去，可要去唤人来了。"

刚才的美景化成一股白烟消去，柳生不禁惆怅起来。绣楼依旧，可小姐易人，他叹息一声转身离去。走到院外，再度环顾这深宅大院，才知此非昔日的深宅大院。行走间，柳生从包袱里取出当初小姐临别所赠的一缕黑发，仔细端详，小姐生前的许多好处便历历在目，柳生不觉泪流而下。

六

柳生出城以后，又行走了数日。这一日来到了安葬小姐的河边。

且看河边的景致，郁郁葱葱，中间有五彩的小花摇曳。河面上有无数柳丝碧绿的影子在波动。数年时光一晃就过，昔日的荒凉也转瞬即逝。

柳生伫立河边。水中映出一张苍老的脸来，白发也已清晰可见。繁荣的景象一旦败落，尚能复原，而少年青春已经一去不返。往昔曾闪烁过的良辰美景也将一去不返。如今再度回想，只是昙花一现。

柳生环顾四周，见有十数座坟冢，均在不久前盖上过新土，坟前纸灰尚在，留下清明祭扫的痕迹。然而哪座才是小姐的坟冢？柳生缓步走去，细心察看，却是无法辨认。可是走不多远，一座荒坟出现。那荒坟即将平去，只是微微有些隆起，才算没被杂草野花湮没。坟前没有纸灰。柳生一见此坟，胸中蓦然升起一股难言之情，这无人祭扫的荒坟，必是小姐安身之处。

一旦认出小姐的坟冢，小姐的音容笑貌也就逃脱遥远的记忆，来到柳生近旁，在河水里慢慢升起，十分逼真。待柳生再定睛观看，却看到一条白色的鱼儿，鱼儿向深处游去，随即消失。

柳生蹲下身去，一根一根拔去覆盖小姐坟冢的杂草和野花。此后又用手将道旁的一些新土撒在坟上。柳生一直干到暮色来临，始才住手。再看这坟，已经高高隆起。柳生又将河水点点滴滴地洒在坟上，每一滴水下去，坟上便会扬起轻轻的尘土。

看看天色已黑，柳生迟疑起来，是在此露宿，还是启程赶路。思忖良久，才打定主意在此宿下一宵，待明日天亮再走，想到此生只与小姐匆匆见了两面,如今再匆匆离去,柳生有些不忍。故而留下陪小姐一宵,也算尽了相爱的情分。

夜晚十分宁静,只听到风吹树叶的微微声响,那声响犹如雨沙沙而来。又听到河水潺潺流动,似瑶琴之音,又似吟哦之声。如此两种声音相交而来,使柳生重度昔日小姐绣楼下的美妙光阴。柳生坐在小姐坟旁,恍惚听得坟内有轻微的动静,那声响似乎是小姐在绣楼里走动一般。

柳生一夜未合眼,迷迷糊糊坠入与小姐重逢的种种虚设之中。直到东方欲晓,柳生始才回过魂来。虽是一夜的虚幻,可柳生十分留恋。这虚幻若能伴其一生,倒也是一桩十分美满的好事。

片刻,天已大亮。柳生觉得该上路了。他环顾四周,芳草青青,绿柳长垂。又看了看小姐的坟冢,旭日的光芒使其闪闪发亮。小姐安身在此,倒也过得去,只是有些孤寂。想罢,柳生踏上了黄色大道。

柳生行走在黄色大道上,全然不见四野里姹紫嫣红莺歌燕舞的欢畅景致,只见大道在远处消失得很迷茫。柳生走不多远,不禁自问:此去将是何处?

若重操看守坟场的旧业,柳生实在不愿。守候的尽是些他人的坟冢,却冷落了父母和小姐。而另寻差使,也无意义。这么想着,柳生不觉止步不前。思量了良久,终于决定返回小姐身旁。想父母能相伴安眠,唯小姐孤苦伶仃,不如守候着小姐了却残生,总比为他人守坟强了许多。

柳生重新回到小姐坟旁。主意一定,柳生心中觉得十分踏实。

于是他折了树枝,在道旁盖了一间小屋。见不远处有些人家,柳生又过去买了一口锅来,打算煮些茶水卖与过往路人,也好维持生计。

待一切均已安排停当,这一日的暮色开始降临。柳生也已十分疲乏,便喝了几口河水,又吃了一张薄饼,然后在水旁草丛里坐落,看着河水如何流动。

渐渐地,一轮寒月悬空而起。月光洒在河里,河水闪闪烁烁。就是河旁柳树和青草也出现一片闪烁。这情形使柳生不胜惊讶。月光之下竟然会有如此的奇景。

这时柳生突然闻得阵阵异香,异香似乎为风所带来,而且从柳生身后而来。柳生回首望去,惊愕不已。那道旁的小屋里竟有烛光在闪烁。柳生不由站立起来,朝小屋走去。行至门前,见里面有一女子,正席地而坐,在灯下读书。女子身旁是柳生的包袱,已被解开。书大概就是从里面取出的。

女子抬起头来,见柳生伫立门前,慌忙站起道:

"公子回来了?"

柳生定睛观瞧,不由目瞪口呆。屋中女子并非旁人,正是小姐惠。小姐亭亭玉立,一身白色的罗裙拖地。那罗裙的白色又非一般的白色,好似月光一般。小姐身着罗裙,倒不如说身穿月光。

见柳生目瞪口呆,小姐微微一笑,那笑如微波荡漾一般。小姐说:

"公子还不进来?"

柳生这才进得门去,可依然目瞪口呆。

小姐便说：

"小女来得突然，公子不要见怪。"

柳生再看小姐，见小姐云鬓高耸，面若桃花，眼含秋水，樱桃小口微微开启，柳生不觉心驰神往。可他仍满腹狐疑，不由问：

"你是人？是鬼？"

一听此话，小姐双眼泪光闪烁，她说：

"公子此言差矣。"

柳生细细端详小姐，确是实实在在伫立在眼前，丝毫不差。小姐左手还拿着一缕发丝，正是十多年前小姐临别所赠的信物，想必是刚才从包袱之中找出的。

见柳生凝视手中的发丝，小姐说：

"还以为你早把它丢弃，不料你一直珍藏。"

说罢，小姐泪如雨下。

这情形使柳生胸中波浪翻滚，不由走上前去，捏住小姐握着发丝的手。那手十分冰凉。两人执手相看，泪眼蒙眬。

小姐长袖一挥，烛光立刻熄灭。小姐顺势倒入柳生怀中。柳生觉得她的躯体十分阴冷，那躯体颤抖不已。柳生听到小姐的抽泣声。声音断断续续，诉说柳生离去后终日伫立窗前眺望的往事。

柳生此刻如醉如痴，回到了十多年前的美好时光。接着两人跌倒在地。

后来柳生沉沉睡去。待他醒来，天已大亮。再看身旁，已无小姐踪影。然而干草铺成的地铺上，却留下小姐睡过凹下去的痕迹，那痕迹还在散发着阵阵异香。柳生拾起几根发丝，发丝轻柔地弯曲着。接着又拾起小姐昔日所赠的那一缕头发，将它们放在一起。几乎一样，只是小姐昨夜留下的那几根发丝隐约有些荧荧绿光。

柳生来到屋外，见河流在晨光里显得通红一条，两旁的树木青草也有着斑斑红点。柳生来到小姐坟冢旁，坟上的新土有些潮湿，夜露尚未完全散去。细细端详坟冢，全无一点破绽。柳生心里甚奇，回想昨夜情形，一丝一毫均十分真实，无半点虚幻。况且刚才初醒之时，也见小姐昨夜遗留的痕迹。柳生在坟旁坐下，伸手抓一把坟土，觉得十分暖和。小姐就安睡在此？柳生有些疑惑。莫非小姐早已弃坟而去，生还到世上来了。这么思量着，柳生疑心眼下只是一座空坟。

柳生在坟旁端坐良久，越想昨夜情形越发觉得眼前是空坟一座，终于忍耐不住，欲打开坟冢看个究竟，于是便用双手刨开泥土。泥土被层层刨去，接近了小姐。柳生见往昔遮盖小姐的树枝早已腐烂，在手中如烂泥一般。而为小姐遮挡赤裸之躯的布衫也化为泥土。柳生轻轻扒开它们，小姐赤裸地显露出来。小姐双目紧闭，容颜楚楚动人。小姐已长出新肉，故通身是淡淡的粉红。即便那条支离破碎的腿，也已完整无缺，而胸口的刀伤已无处可寻。小姐虽躺在坟冢之中，可头发十分整齐，恍若刚刚梳理过一般。那头发隐约有丝绿光。柳生嗅得阵阵异香。

眼前的情景使柳生心中响起清泉流淌的声响，他知道小姐不久将生还人世，因此当他再端详小姐时，仿佛她正安睡，仿佛不曾有过数年前沦落为菜人的往事。小姐不过是在安睡，不久就将醒来。柳生端详很久,才将土轻轻盖上。而后依然坐在坟旁,仿佛生怕小姐离坟远去,柳生一步也不敢离开。他在坟前回顾了与小姐首次绣楼相见的美妙情形,又虚设了与小姐重逢后的种种美景。柳生沉浸在一片虚无缥缈之中,不闻身旁有潺潺水声,不见道上有行走路人。世上一切都在烟消云散,唯小姐飘飘而来。

柳生那么坐着,全然不觉时光流逝。就是暮色重重盖将下来,他也一无所知。寒月升空,幽幽月光无声无息洒下来。四周出现一片悄然闪烁。夜风拂拂而来,又潮又凉。柳生还是未能察觉天黑情景,只是一味在虚设之中与小姐执手相看。

恍惚间,柳生嗅得阵阵异香,异香使柳生蓦然惊醒。环顾四周,才知天已大黑。再看道旁的小屋,屋内有烛光闪烁,烛光在月夜里飘忽不定。柳生惊喜交加,赶紧站起往小屋奔去。然而进了小屋却并不见小姐挑灯夜读。正在疑惑,柳生闻得身后有声响,转回身来,见小姐伫立在门前。小姐依然是昨夜的模样,身穿月光,浑身闪烁不止。只是小姐的神色不同昨夜,那神色十分悲戚。

小姐见柳生转过身来,便道:

"小女本来生还,只因被公子发现,此事不成了。"

说罢,小姐垂泪而别。

一九八八年八月二十七日

往事与刑罚

一九九〇年的某个夏日之夜,陌生人在他潮湿的寓所拆阅了一份来历不明的电报。然后,陌生人陷入了沉思的重围。电文只有"速回"两字,没有发报人住址姓名。陌生人重温了几十年如烟般往事之后,在错综复杂呈现的千万条道路中,向其中一条露出了一丝微笑。翌日清晨,陌生人漆黑的影子开始滑上了这条蚯蚓般的道路。

显而易见,在陌生人如道路般错综复杂的往事里,有一桩像头发那么细微的经历已经格外清晰了。一九六五年三月五日,这排列得十分简单的数字所喻示的内涵,现在决定着陌生人的方向。事实上,陌生人在昨夜唤醒这遥远的记忆时,并没有成功地排除另外几桩旧事的干扰。由于那时候他远离明亮的镜子,故而没有发现自己破译了电文后的微笑是含混不清的。他只是体会到了自己的情绪十分坚定。正是因为他过于信任自己的情绪，接下去出现的程序错误便不可避免。

几日以后，陌生人已经来到一个名叫烟的小镇。程序的错误便在这里显露出来。那是由一个名叫刑罚专家的人向他揭示的。

可以设想一下陌生人行走时的姿态和神色。由于被往事层层围困，陌生人显然无法在脑中正确地反映出四周的景与物。因此当刑罚专家看到他时，内心便出现了一种类似小号的鸣叫。那时的陌生人如一个迷途的孩子一样，走入了刑罚专家的视野。陌生人来到一幢灰色的两层小楼前，刑罚专家以夸张的微笑阻止了他的前行。

"你来了？"

刑罚专家的语气使陌生人大吃一惊。眼前这位白发闪烁的老人似乎暗示了某一桩往事，但是陌生人很难确认。

刑罚专家继续说：

"我已经期待很久了。"

这话并没有坚定陌生人的想法，但是陌生人做了退一步的假设——即便他接受这个想法，那眼前这位老人也不过是他广阔往事里的一粒灰尘而已。所以陌生人打算绕过这位老人，继续朝一九六五年三月五日走去。

此后的情形却符合了刑罚专家的意愿，陌生人并没走向一九六五年三月五日。那是在进行了一次简短的对话以后发生的。由于刑罚专家的提醒——这个提醒显然是很随意的，并不属于那类谋划已久的提醒。陌生人才得知自己此刻所处的位置，他发现了自己想去的地方和自己正准备去的地方无法统一。也就是说,他背道而驰了。事实上,一九六五年三月五日正离他越来越远。

直到现在,陌生人才首次回想多日前那个潮湿之夜和那份神秘的电报。他的思维长久地停留在一九六五年三月五日出现时的地方。现在他开始重视当时不断干扰着他的另几桩往事。它们分别是一九五八年一月九日、一九六七年十二月一日、一九六〇年八月七日和一九七一年九月二十日。于是陌生人明白了自己为何无法走向一九六五年三月五日。事实上,电文所喻示的内容,在另四桩往事里也存在着同样的可能性。正是这另外四种时间所释放出来的干扰,使他无法正确地走向一九六五年三月五日。而这四桩往事都由四条各不相关的道路代表。现在陌生人即便放弃一九六五年三月五日,他也无法走向一九五八年一月九日和其他的三桩往事。

那是另外一个夏日的傍晚。因为程序的错误而陷入困境的陌生人不得不重新思考去路。于是他才郑重其事地注视起刑罚专家。注视的结果让他感到眼前这位老人与他许多往事有着时隐时现的联结。因此当他再度审视目前的处境时,开始依稀感觉到这一切都是事先安排好的。

在天色逐渐黑下来时,刑罚专家向陌生人发出了十分有把握的邀请。陌生人无疑顺从了这种属于命运的安排,他跟在刑罚专家身后,走入那幢二层的灰色小楼。

在四周涂着黑色油彩的客厅里,陌生人无声地坐了下来。刑罚专家打亮一盏白色小灯。于是陌生人开始寻找起多日前那份电报和眼下这个客厅之间是否存在着必要的联系。寻找的结果却是另外的面貌，那就是他发现自己过来的那条路显得有些畸形。

陌生人和刑罚专家的交谈从一开始就进入了和谐的实质。那情景令人感到他们已经交谈过多次了，仿佛都像了解自己的手掌一样了解对方的想法。

刑罚专家作为主人，首先引出话题是义不容辞的。他说：

"事实上，我们永远生活在过去里。现在和将来只是过去耍弄的两个小花招。"

陌生人承认刑罚专家的话有着强大的说服力，但是他更关心的是自己的现状。

"有时候，我们会和过去分离。现在有一个什么东西将我和过去分割了。"

陌生人走向一九六五年三月五日的失败，使他一次次地探察其中因由，他开始感到并非只是另四桩往事干扰的结果。

然而刑罚专家却说：

"你并没有和过去分离。"

陌生人不仅没有走向一九六五年三月五日，反而离其越来越远，而且同样也远离了另四桩往事。

刑罚专家继续说：

"其实你始终深陷于过去之中，也许你有时会觉得远离过去，这只是貌离神合，这意味着你更加接近过去了。"

陌生人说：

"我坚信有一样什么东西将我和过去分割。"

刑罚专家无可奈何地微微一笑,他感到用语言去说服陌生人是件可怕的事。

陌生人继续在他的思维上行走——当他远离了他的所有往事之后,刑罚专家却以异样的微笑出现了,并且告诉他:

"我期待已久了。"

因此陌生人说:

"那样东西就是你。"

刑罚专家无法接受陌生人的这个指责,尽管如此使用语言使他疲倦,但他还是再一次说明:

"我并没有将你和过去分割,相反是我将你和过去紧密相连,换句话说,我就是你的过去。"

刑罚专家吐出最后一个字时的语气,让陌生人感到这种交谈继续下去的可能性已经出现缺陷,但他还是向刑罚专家指出:

"你对我的期待使我费解。"

"如果你不强调必然的话。"刑罚专家解释道,"你把我的期待理解成是对偶然的期待,那你就不会感到费解。"

"我可以这样理解。"陌生人表示同意。

刑罚专家十分满意,他说:"我很高兴能在这个问题上与你一致。我想我们都明白必然是属于那类枯燥乏味的事物,必然不会改变自己的面貌,它只会傻乎乎地一直往前走。而偶然是伟大的事物,随便把它往什么地方扔去,那地方便会出现一段崭新的历史。"

陌生人并不反对刑罚专家的阔论,但他更为关心的是:

"你为何期待我？"

刑罚专家微微一笑，他说：

"我知道迟早都会进入这个话题，现在进入正是时候。因为我需要一个人帮助，一个富有自我牺牲精神的人帮助。我觉得你就是这样的人。"

陌生人问：

"什么帮助？"

刑罚专家回答：

"你明天就会明白。现在我倒是很愿意跟你谈谈我的事业。我的事业就是总结人类的全部智慧，而人类的全部智慧里最杰出的部分便是刑罚。这就是我要与你谈的。"

刑罚专家显然掌握了人类所拥有的全部刑罚。他摊开手掌，让陌生人像看他的手纹一样了解他的刑罚。尽管他十分简单逐个介绍那些刑罚，但他对每个刑罚实施时所产生的效果，却做了煽动性的叙述。

在刑罚专家冗长的却又极其生动的叙述结束以后，细心的陌生人发现了某个遗漏的刑罚，那就是绞刑。因为被一种复杂多变的情绪所驱使，事实上从一开始，陌生人已经在期待着这个刑罚在刑罚专家叙述中出现。在那一刻里，陌生人已经陷入一片灾难般的沉思。已经变得模糊不清的一九六五年三月五日，在他的沉思里逐渐清晰起来。可以这样推测，在一九六五年三月五日的任何时候，某个与陌生人的往事休戚相关的人自缢身亡。

陌生人为了从这段令人窒息的往事里挣扎而出，使用了这样的手段，那就是提醒刑罚专家遗漏了怎样一个刑罚，他希望刑罚专家有关这个刑罚的精彩描叙，能帮助他脱离往事。

然而刑罚专家却勃然大怒。他向陌生人声明，他并不是遗漏，而是耻于提起这个刑罚。因为这个刑罚被糟蹋了，他告诉陌生人那些庸俗的自杀者是如何糟蹋这个刑罚的。他向陌生人吼道：

"他们配用这个刑罚吗？"

刑罚专家的愤怒是陌生人无法预料的，因此也就迅速地将陌生人从无边的往事里拯救出来。当陌生人完成一次呼吸开始轻松起来后，面对燃烧的刑罚专家，他提出了这样一个问题：

"你试过那些刑罚吗？"

刑罚专家燃烧的怒火顷刻熄灭，他没有立刻回答陌生人的问题，而是陷入了无限广阔的快感之中。他的脸上飞过一群回忆的乌鸦，他像点钞票一样在脑中清点他的刑罚。他告诉陌生人，在他所进行的全部试验里，最为动人的是一九五八年一月九日、一九六七年十二月一日、一九六〇年八月七日和一九七一年九月二十日。

显而易见，刑罚专家提供的这四段数字所揭示的内容，并不像数字本身那样一目了然。它散发着丰富的血腥气息，刑罚专家让陌生人知道：

他是怎样对一九五八年一月九日进行车裂的，他将一九五八年一月九日撕得像冬天的雪片一样纷纷扬扬。对一九六七年十二月一日，他施以宫刑，他割下了一九六七年十二月一日的两只沉甸甸的睾丸,因此一九六七年十二月一日没有点滴阳光,但是那天夜晚的月光却像杂草丛生一般。而一九六〇年八月七日同样在劫难逃,他用一把锈迹斑斑的钢锯,锯断了一九六〇年八月七日的腰。最为难忘的是一九七一年九月二十日,他在地上挖出一个大坑,将一九七一年九月二十日埋入土中,只露出脑袋,由于泥土的压迫,血液在体内蜂拥而上。然后刑罚专家敲破脑袋,一根血柱顷刻出现。一九七一年九月二十日的喷泉辉煌无比。

陌生人陷入一片难言的无望之中。刑罚专家展示的那四段简单排列的数字,每段都暗示了一桩深刻的往事。一九五八年一月九日、一九六七年十二月一日、一九六〇年八月七日和一九七一年九月二十日。这正是陌生人广阔往事中四桩一直追随他的往事。

当陌生人再度回想那个潮湿之夜和那份神秘的电报时,他开始思索当时为何选择了一九六五年三月五日,而没有选择其他四桩往事。而对刑罚专家刚才提供的四段数字,他用必然和偶然两种思维去理解。无论哪一种思维,都让他依稀感到刑罚专家此刻占有了他的四桩往事。

事实上很久以来,陌生人已经不再感到这四桩往事的实在的追随。四桩往事早已化为四阵从四个方向吹来的阴冷的风。四桩往事的内容似乎已经腐烂,似乎与尘土融为一体了。然而它们的气息并没完全消散,陌生人之所以会在此处与刑罚专家奇妙地相逢,他隐约觉得是这四桩往事指引的结果。

后来,刑罚专家从椅子里出来,他从陌生人身旁走过去,走入他的卧室。那盏白色小灯照耀着他,他很像是一桩往事走入卧室。陌生人一直坐在椅子里，他感到所有的往事都已消散，只剩下一九六五年三月五日，然而却与他离得很远。后来当他沉沉睡去，那模样很像一桩固定的往事一样安详无比。

翌日清早，当刑罚专家和陌生人再度坐到一起时，无可非议，他们对对方的理解已经加深了。因此，他们的对话从第一句起就进入了实质。

刑罚专家在昨日已经表示需要陌生人的帮助，现在他展开了这个话题：

"在我所有的刑罚里，还剩两种刑罚没有试验。其中一个是为你留下的。"

陌生人需要进一步的了解，于是刑罚专家带着陌生人推开了一扇漆黑的房门，走入一间空旷的屋子。屋内只有一张桌子放在窗前，桌上是一块极大的玻璃，玻璃在阳光下灿烂无比，墙角有一把十分锋利的屠刀。

刑罚专家指着窗前的玻璃，对陌生人说：

"你看它多么兴高采烈。"陌生人走到近旁，看到阳光在玻璃上一片混乱。

刑罚专家指着墙角的屠刀告诉陌生人，就用这把刀将陌生人腰斩成两截，然后迅速将陌生人的上身安放在玻璃上，那时陌生人上身的血液依然流动，他将慢慢死去。

刑罚专家让陌生人知道，当他的上身被安放在玻璃上后，他那临终的眼睛将会看到什么。无可非议，在接下去出现的那段描述将是十分有力的。

"那时候你将会感到从未有过的平静，一切声音都将消失，留下的只是色彩。而且色彩的呈现十分缓慢。你可以感觉到血液在体内流得越来越慢，又怎样在玻璃上洋溢开来，然后像你的头发一样千万条流向尘土。你在最后的时刻，将会看到一九五八年一月九日清晨的第一颗露珠，露珠在一片不显眼的绿叶上向你眺望；将会看到一九六七年十二月一日中午的一大片云彩，因为阳光的照射，那云彩显得五彩缤纷；将会看到一九六〇年八月七日傍晚来临时的一条山中小路，那时候晚霞就躺在山路上，温暖地期待着你；将会看到一九七一年九月二十日深夜月光里的两颗萤火虫，那是两颗遥远的眼泪在翩翩起舞。"在刑罚专家平静的叙述完成之后，陌生人又一次陷入沉思的重围。一九五八年一月九日清晨的露珠，一九六七年十二月一日中午缤纷的云彩，一九六〇年八月七日傍晚温暖的山中小路，一九七一年九月二十日深夜月光里的两颗舞蹈的眼泪。这四桩往事像四张床单一样呈现在陌生人飘忽的视野中。因此，陌生人将刑罚专家的叙述理解成一种暗示。陌生人感到刑罚专家向自己指出了与那四桩往事重新团聚的可能性。于是他脸上露出安详的微笑，这微笑无可非议地表示了他接受刑罚专家的美妙安排。

陌生人愿意合作的姿态使刑罚专家十分感激，但是他的感激是属于内心的事物，他并没有表现得像一只跳蚤一样兴高采烈，他只是赞许地点了点头。然后他希望陌生人能够恢复初来世上的形象，那就是赤裸裸的形象。他告诉陌生人：

"并不是我这样要求你,而是我的刑罚这样要求你。"

陌生人欣然答应,他觉得以初来世上的形象离世而去是理所当然的。另一方面,他开始想象自己赤裸裸地去与那四桩往事相会的情景,他知道他的往事会大吃一惊的。

刑罚专家站在右侧的墙角,看陌生人如脱下一层皮般地脱下了衣裤。陌生人展示了像刻满刀痕一样皱巴巴的皮肉。他就站在那块灿烂的玻璃旁,阳光使他和那块玻璃一样闪烁不止。刑罚专家离开了布满阴影的墙角,走到陌生人近旁,他拿起那把亮闪闪的屠刀,阳光在刀刃上跳跃不停,显得烦躁不安。他问陌生人:

"准备完了?"

陌生人点点头。陌生人注视着他的目光安详无比,那是成熟男子期待幸福降临时应有的态度。

陌生人的安详使刑罚专家对接下去所要发生的事充满信心。他伸出右手抚摸了陌生人的腰部,那时候他发现自己的手指微微有些颤抖。这个发现开始暗示事情发展的结果已经存在另一种可能性。他不知道是由于过度激动,还是因为力量在他生命中冷漠起来。事实上很久以前,刑罚专家已经感受到了力量如何在生命中衰老。此刻当他提起屠刀时,双手已经颤抖不已。

那时候陌生人已经转过身去,他双眼注视着窗外,期待着那四桩往事翩翩而来。他想象着那把锋利的屠刀如何将他截成两段,他觉得很可能像一双冰冷的手撕断一张白纸一样美妙无比。然而他却听到了刑罚专家精疲力竭的一声叹息。

当他转回身来时,刑罚专家羞愧不已地让陌生人看看自己这双颤抖不已的手，他让陌生人明白：他不能像刑罚专家要求的那样，一刀截断陌生人。

然而陌生人却十分宽容地说：

"两刀也行。"

"但是，"刑罚专家说，"这个刑罚只给我使用一刀的机会。"

陌生人显然不明白刑罚专家的大惊小怪，他向刑罚专家指出了这一点。

"可是这样糟蹋了这个刑罚。"刑罚专家让陌生人明白这一点。

"恰恰相反。"陌生人认为，"其实这样是在丰富发展你的这个刑罚。"

"可是，"刑罚专家十分平静地告诉陌生人，"这样一来你临终的感受糟透了。我会像剁肉饼一样把你腰部剁得杂乱无章。你的胃、肾和肝们将像烂苹果一样索然无味。而且你永远也上不了这块玻璃，你早就倒在地上了。你临终的眼睛所能看到的，尽是些蚯蚓在泥土里扭动和蛤蟆使人毛骨悚然的皮肤，还有很多比这些更糟糕的景与物。"

刑罚专家的语言是由坚定不移的声音护送出来的，那声音无可非议地决定了事件将向另一个方向发展。因此陌生人重新穿上脱下的衣裤是顺理成章的。本来他以为已经不再需要它们了，结果并不是这样。当他穿上衣裤时，似乎感到自己正往身上抹着灰暗的油彩，所以他此刻的目光是灰暗的，刑罚专家在他的目光中也是灰暗的，灰暗得像某一桩遥远的往事。

陌生人无力回避这样的现实，那就是刑罚专家无法帮助他与那四桩往事相逢。尽管他无法理解刑罚专家为何要美丽地杀害他的往事，但他知道刑罚专家此刻内心的痛苦，这个痛苦在他的内心响起了一片空洞的回声。显而易见，刑罚专家的痛苦是因为无力实施那个美妙的刑罚，而他的痛苦却是因为无法与往事团聚。尽管痛苦各不相同，可却牢固地将他们联结到一起。

可以设想到，接下来出现的一片寂静将像黑夜一样沉重。直到陌生人和刑罚专家重新来到客厅时才摆脱那一片寂静的压迫。他们是在那间玻璃光四射的屋子里完成了沉闷的站立后来到客厅的。客厅的气氛显然是另外一种形状，所以他们可以进行一些类似于交谈这样的活动了。

他们确实进行了交谈，而且交谈从一开始就进入了振奋，自然这是针对刑罚专家而言的。刑罚专家并没有因为刚才的失败永久地沮丧下去。他还有最后一个刑罚值得炫耀。这个刑罚无疑是他一生中最为得意的，他告诉陌生人：

"是我创造的。"

刑罚专家让陌生人明白这样一个事件：有一个人，严格说是一位真正的学者，这类学者在二十世纪已经荡然无存。他在某天早晨醒来时，看到有几个穿着灰色衣服的男人站在床前，就是这几个男人把他带出了自己的家，送上了一辆汽车。这位学者显然对他前去的地方充满疑虑，于是他就向他们打听，但他们以沉默表示回答，他们的态度使他忐忑不安。他只能看着窗外的景色以此来判断即将发生的会是些什么。他看到了几条熟悉的街道和一条熟悉的小河流，然后它们都过去了。接下来出现的是一个很大的广场,这个广场足可以挤上两万人,事实上广场上已经有两万人了。远远看去像是一片夏天的蚂蚁。不久之后,这位学者被带入了人堆之中,那里有一座高台,学者站在高台上,俯视人群,于是他看到了一片丛生的杂草。高台上有几个荷枪的士兵,他们都举起枪瞄准学者的脑袋,这使学者惊慌失措。然而不久之后他们又都放下枪,他们忘了往枪膛里压子弹,学者看到几颗有着阳光般颜色的子弹压进了几支枪中,那几支枪又瞄准了学者的脑袋。这时候有一法官模样的人从下面爬了上来,他向学者宣布了这样一个事实,即学者被判处死刑。这使学者大为吃惊,他不知道自己有何罪孽,于是法官说:

"你看看自己那双沾满鲜血的手吧。"

学者看了一下,但没看到手上有血迹。他向法官伸出手,试图证明这个事实。法官没有理睬,而是走到一旁。于是学者看到无数人一个挨着一个走上高台,控诉他的罪孽就是将他的刑罚一个一个赠送给了他们的亲人。刚开始学者与他们发生了激烈的争吵。他企图让他们明白任何人都应该毫不犹豫地为科学献身,他们的亲人就是为科学献身的。然而不久以后,学者开始真正体会到眼下的处境,那就是马上就有几颗子弹从几个方向奔他脑袋而来,他的脑袋将被打成从屋顶上掉下来的碎瓦一样破破烂烂。于是他陷入了与人群一样广阔的恐怖与绝望之中,台下的人像水一样流上台来,完成了控诉之后又从另一端流了下去。这情景足足持续了十个小时,在这期间,那几个士兵始终举着枪瞄准他的脑袋。

刑罚专家的叙述进行到这以后,他十分神秘地让陌生人知道:

"这位学者就是我。"

接下去他告诉陌生人,他足足花费了一年时间才完成这十个小时时间所需要的全部细节。

当学者知道自己被处以死刑的事实以后,在接下去的十个小时里,他无疑接受了巨大的精神折磨。在那十个小时里,他的心理千变万化,饱尝了一生经历都无法得到的种种体验。一会胆战心惊,一会慷慨激昂,一会又屁滚尿流。当他视死如归才几秒钟,却又马上发现活着分外美丽。在这动荡不安的十个小时里,学者感到错综复杂的各类情感像刀子一样切割自己。

显而易见,从刑罚专家胸有成竹的叙述里,可以看出这个刑罚已经趋向完美。因此在整个叙述完成之后,刑罚专家便立刻明确告诉陌生人:

"这个刑罚是留给我的。"

他向陌生人解释,他在这个刑罚里倾注了十年的心血,因此他不会将这个刑罚轻易地送给别人。这里指的别人显然是暗示陌生人。

陌生人听后微微一笑,那是属于高尚的微笑。这微笑成功地掩盖了陌生人此刻心中的疑虑。那就是他觉得这个刑罚并没有像刑罚专家认为的那么完美,里面似乎存在着某一个漏洞。

刑罚专家这时候站立起来,他告诉陌生人,今天晚上他就要试验这个刑罚了。他希望陌生人在这之后能够出现在他的卧室,

那时候:

"你仍然能够看到我,而我则看不到你了。"

刑罚专家走入卧室以后,陌生人依旧在客厅里坐了很久,他思忖着刑罚专家临走之言呈现的真实性,显然他无法像刑罚专家那么坚定不移。后来,当他离开客厅走入自己卧室时,他无可非议地坚信这样一个事实,即明天他走入刑罚专家卧室时,刑罚专家依然能够看到他。他已在这个表面上看去天衣无缝的刑罚里找到漏洞所在的位置。这个漏洞所占有的位置决定了刑罚专家的失败将无法避免。

翌日清晨的情形,证实了陌生人的预料。那时候刑罚专家疲惫不堪地躺在床上,他脸色苍白地告诉陌生人,昨晚的一切都进行得十分顺利,可是在最后的时刻他突然清醒过来了。他悲伤地掀开被子,让陌生人看看。

"我的尿都吓出来了。"

从床上潮湿的程度,陌生人保守地估计到昨晚刑罚专家的尿起码冲泻了十次。眼前的这个情景使陌生人十分满意。他看着躺在床上喘气的刑罚专家,他不希望这个刑罚成功,这个虚弱不堪的人掌握着他的四桩往事。这个人一辞世而去,那他与自己往事永别的时刻就将来到。因此他不可能向刑罚专家指出漏洞的存在与位置。所以当刑罚专家请他明天再来看看时,他连微笑也没有显露,他十分严肃地离开了这个屋子。

第二天的情景无疑仍在陌生人的预料之中。刑罚专家如昨日一般躺在床上,他憔悴不堪地看着陌生人推门而入,为了掩盖内心的羞愧,他掀开被子向陌生人证明他昨夜不仅尿流了一大片,而且还排泄了一大堆屎。可是结果与昨日一样,在最后的时刻他突然清醒过来,他痛苦地对陌生人说:

"你明天再来,我明天一定会死。"

陌生人没有对这句话引起足够的重视,他怜悯地望着刑罚专家,他似乎很想指出那个刑罚的漏洞所在,那就是在十小时过去后应该出现一颗准确的子弹,子弹应该打碎刑罚专家的脑袋。刑罚专家十年的心血只完成十小时的过程,却疏忽了最后一颗关键的子弹。但陌生人清醒地认识指出这个漏洞的危险,那就是他的往事将与刑罚专家一起死去。如今对陌生人来说,只要与刑罚专家在一起,那他就与自己的往事在一起了。他因为掌握着这个有关漏洞的秘密,所以当他退出刑罚专家卧室时显得神态自若,他知道这个关键的漏洞保障了他的往事不会消亡。

然而第三日清晨的事实却出现了全新的结局,当陌生人再度来到刑罚专家卧室时,刑罚专家昨日的诺言得到了具体的体现。他死了。他并没有躺在床上死去,而在离床一公尺处自缢身亡。

面对如此情景,陌生人内心出现一片凄凉的荒草。刑罚专家的死,永久地割断了他与那四桩往事联系的可能。他看着刑罚专家,犹如看着自己的往事自缢身亡。这情景使一九六五年三月五日隐约呈现,同时刑罚专家提起绞刑时勃然大怒的情形也栩栩如生地再现了那么一瞬。刑罚专家最终所选择的竟是这个被糟蹋的刑罚。

后来,当陌生人离开卧室时,才发现门后写着这么一句话:

鲜血梅花

我挽救了这个刑罚。

刑罚专家在写上这句话时,显然是清醒和冷静的,因为在下面他还十分认真地写上了日期:

一九六五年三月五日

一九八九年二月

此文献给少女杨柳

一

很久以来，我一直过着资产阶级的生活。我居住的地方名叫烟，我的寓所是一间临河的平房，平房的结构是缺乏想象力的长方形，长方形暗示了我的生活是如何简洁与明确。

我非常欣赏自己在小城里到处游荡时的脚步声，这些声音只有在陌生人的鞋后跟才会产生。虽然我居住在此已经很久，可我成功地捍卫了自己脚步声的纯洁。在街上世俗的声响里，我的脚步声不会变质。

我拒绝一切危险的往来。我曾经遇到过多次令我害怕的微笑，微笑无疑是在传达交往的欲望。我置之不理，因为我一眼看出微笑背后的险恶用心。微笑者是想走入我的生活，并且占有我的生活。他会用他粗俗的手来拍我的肩膀,然后逼我打开临河平房的门。他会躺到我的床上去,像是躺在他的床上,而且随意改变椅子的位置。离开的时候,他会接连打上三个喷嚏,喷嚏便永久占据了我的寓所,即便燃满蚊香,也无法熏走它们。不久之后,他会带来几个身上散发着厨房里那种庸俗气息的人。这些人也许不会打喷嚏,但他们满嘴都是细菌。他们大声说话大声嬉笑时,便在用细菌粉刷我的寓所了。那时候我不仅感到被占有,而且还被出卖了。

因此我现在更喜欢在夜间出去游荡,这倒不是我怀疑自己拒绝一切的意志,而是模糊的夜色能让我安全地感到自己游离于众人之外。我已经研究了住宅区所有的窗帘,我发现任何一个窗口都有窗帘。正是这个发现才使我对住宅区充满好感,窗帘将我与他人隔离。但是危险依然存在,隔离并不是强有力的。我在走入住宅区窄小的街道时,常常会感到如同走在肝炎病区的走廊上,我不能不小心翼翼。

我是在夜里观察那些窗帘的。那时候背后的灯光将窗帘照耀得神秘莫测,当微风掀动某一窗帘时,上面的图案花纹便会出现妖气十足的流动。这让我想起寓所下那条波光粼粼的河流,它流动时的曲折和不可知,曾使我的睡眠里出现无数次雪花飘扬的情景。窗帘更多的时候是静止地出现在我视野中,因此我才有足够的时间来考察它们的光芒。尽管灯光的变化与窗帘无比丰富的色彩图案干扰了我的考察。但当我最后简化掉灯光和色彩图案后,我便发现这种光芒与一条盘踞在深夜之路中央的蛇的目光毫无二致。自从这个发现后,在每次走入住宅区时,我便感到自己走入了千百条蛇的目光之中。

在这个发现之后很久,也就是一九八八年五月八日那一天,一个年轻的女子向我走了过来。她走来是为了使我的生活出现缺陷,或者更为完美。总而言之,她的到来会制造出这样一种效果,比如说我在某天早晨醒来时,突然发现卧室里增加了一张床,或者我睡的那张床不翼而飞了。

二

事实上,我与外乡人相识已经很久了。外乡人来自一个长满青草的地方,这是我从他身上静脉的形状来判断的。我与他第一次见面是在一个夏日的中午,由于炎热他赤裸着上身,他的皮肤使人想起刚刚剥去树皮的树干。于是我看到他皮肤下的静脉像青草一样长得十分茂盛。

我已经很难记起究竟是在什么时候认识外乡人的,只是觉得已经很久了。但我知道只要细细回想一下,我是能够记起那一日天空的颜色和树木上知了的叫声。外乡人端坐在一座水泥桥的桥洞里。他选择的这个地方,在夏天的时候让我赞叹不已。

外乡人是属于让我看一眼就放心的人,他端坐在桥洞里那副安详无比的模样,使我向他走去。在我还离他十米远的时候,我就知道他不会去敲我长方形的门,他不会发现我的床可以睡觉可以做梦,我的椅子他也同样不会有兴趣。我向他走去时知道将会出现交谈的结局，但我明白这种交谈的性质，它与一个正在洗菜的女人和一个正在生煤球炉男人的交谈截然不同。因此当他向我微笑的时候，我的微笑也迅速地出现。然后我们就开始了交谈。

出于谨慎，我一直站立在桥洞外。后来我发现他说话时不断做出各种手势。手势表明他是一个欢迎别人走入桥洞的人。我便走了进去，他立刻拿开几张放在地上的白纸，白纸上用铅笔画满了线条，线条很像他刚才的手势。我就在刚才放白纸的地方坐了下去，我知道这样做符合他的意愿。然后我看到他的脸就在前面一尺处微笑，那种微笑是我在小城烟里遇到的所有微笑里，唯一安全的微笑。

他与我交谈时的声音很平稳，使我想起桥下缓缓流动的河水。我从一开始就习惯了这种声音。鉴于我们相识的过程并不惊险离奇，他那种平稳的声音便显得很合适。他已经简化了很多手势，他这样做是为了让我去关注他的声音。他告诉我的是有关定时炸弹的事，定时炸弹涉及几十年前的一场战争。

一九四九年初，国民党上海守军司令汤恩伯决定放弃苏州、杭州等地，集中兵力固守上海。镇守小城烟的一个营的国民党部队连夜撤离。撤离前一个名叫谭良的人，指挥工兵排埋下了十颗定时炸弹。谭良是同济大学数学专业的毕业生。在那个星光飘洒的夜晚，他用一种变化多端的几何图形埋下了这十颗炸弹。

谭良是最后一个撤离小城烟的国民党军官，当他走出小城，回首完成最后一瞥时，小城在星光里像一片竹林一样安静。那时候他可能已经预感到，几十年以后他会重新站到这个位置上。这个不幸的预感在一九八八年九月三日成为现实。

尽管谭良随同他的部队进驻了上海,可上海解放时,在长长走过的俘虏行列里,并没谭良。显然在此之前他已经离开了上海,他率领的工兵排那时候已在舟山了。舟山失守后,谭良也随之失踪。在朝台湾溃退的大批国民党官兵里,有三个人是谭良工兵排的士兵。他们三人几乎共同认为谭良已经葬身大海,因为他们亲眼看到谭良乘坐的那艘帆船如何被海浪击碎。

一九八八年九月二日傍晚五点整,一个名叫沈良的老渔民,在舟山定海港踏上了一艘驶往上海的班轮。他躺在班轮某个船舱的上铺。经过了似乎有几十年漫长的一夜摇晃,翌日清晨班轮靠上了上海十六铺码头。沈良挤在旅客之中上了岸,然后换乘电车到了徐家汇西区长途汽车站。在那天早晨七点整时,他买到了一张七点半去小城烟的汽车票。

一九八八年九月三日上午,他坐在驶往小城烟的长途汽车里,他的邻座是一位来自远方的年轻人。年轻人因患眼疾在上海某医院住了一个月,病愈后由于某种原因他没有直接回家,而是去了小城烟。在汽车里,沈良向这位年轻人讲述了几十年前,一个名叫谭良的国民党军官,指挥工兵排在小城烟埋下了十颗定时炸弹。

三

外乡人说:"十年前。"

外乡人这时的声音虽然依旧十分平稳,可我还是感觉到里面出现了某些变化。我感到桥下的水似乎换了一个方向流去了。外乡人的神态已经明确告诉我，他开始叙述另一桩事。

他继续说："十年前，也就是一九八八年五月八日。"

我感到他犯了一个小小的错误，因为一九八八年五月八日还没有来到。于是我善意地纠正道：

"是一九七八年。"

"不。"外乡人摆了摆手，说，"是一九八八年。"他向我指明，"如果是一九七八年的话，那是二十年前了。"

四

十年前，也就是一九八八年五月八日，外乡人的个人生活出现了意外。这个意外导致了外乡人在多月之后来到了小城烟。

五月八日之后并不太久，他的眼睛开始不停地掉眼泪，与此同时他的视力也逐渐衰退起来。这些只有他一个人知道，他没有告诉任何人，包括家人。他隐约感到视力的衰退与五月八日发生的那件事有关。那件事十分隐秘，他无法让别人知道。因此他束手无策地感觉着身外的景物越来越模糊与混浊。

直到有一天，他父亲坐在阳台的椅子里看报时，他把父亲当成了一条扔在椅子里的鸭绒被，走过去抓住父亲的衣领。两日之后，几乎所有熟悉他的人，都知道他的眼睛正走在通往黑暗的途中。于是他被送入了当地的医院。

从那一日起，他不再对自己的躯体负责。他听任别人对他躯体发出的指挥。而他的内心则始终盘旋着那件十分隐秘的事。只有他知道自己的眼睛为何会走向模糊。他依稀感到自己的躯体坐上了汽车，然后又坐上了火车。火车驶入上海站后，他被送入了上海的一家医院。

在他住院后不到半个月，也就是一九八八年八月十四日。一个来自外地的年轻女子，在虹口区一条大街上，与一辆疾驶过来的解放牌卡车共同制造了一起车祸。少女当即被送入外乡人接受治疗的医院。四小时后少女死在手术台上。在她临终前一小时，主刀医生已经知道一切都无法挽回，因此与少女的父亲，一个坐在手术室外长凳上不知所措的男人，讨论了有关出卖少女身上器官的事宜。那个男人显然被这突如其来的惨祸弄得六神无主，他虽然什么都答应了，可他什么都没有明白过来。

年轻女子的眼球被取出来以后，由三名眼科医生给外乡人做了角膜移植手术。在一九八八年九月一日上午，外乡人眼睛上的纱布被永久地取走了。他仿佛感到有一把折叠纸扇在眼前扇了一下，于是黑暗消失了。外乡人看到父亲站在床前像一个人，确切地说是像他的父亲。

外乡人在那张病床上睡了两个夜晚，在九月三日这一天他才正式出院。他在这天上午来到徐家汇西区长途汽车站，坐上了驶向小城烟的长途汽车。他的父亲没有与他同行，父亲在送他上车以后便去了火车站，他将坐火车回家。

外乡人没有和父亲一起回家，而去了他以前从未听闻过的小城烟。他要去找一个男人。那个男人曾经有过一个名叫杨柳的女儿。杨柳十七岁时在上海因车祸而死。她的角膜献给了外乡人。这些情况是他病愈时一位护士告诉他的。他在那家医院的收费处打听到了杨柳的住址。杨柳住在小城烟曲尺胡同26号。

上海通往烟是一条柏油马路，在那个初秋阴沉的上午，重见光明后第三天的外乡人，用他的眼睛注视着车窗外有些灰暗的景色。他的邻座是一位老人，老人尽管穿戴十分整齐，可他身上总是散发着些许鱼腥味。老人一直闭着眼睛，直到汽车驶过了金山，老人的眼睛始才睁开，那时候外乡人依然望着窗外。在汽车最后四分之一的行程里，老人开始说话。他告诉外乡人他叫沈良，是从舟山出来的。老人还特别强调：

"我从出生起，一直没有离开过舟山。"

他们的谈话并没有就此终止，而是进入了几十年前的那场战争。事实上整个谈话过程都是老人一个人在说，外乡人始终以刚才望着窗外的神色听着。

老人如同坐在家中叙述往事一样，告诉外乡人那个名叫谭良的国民党军官与十颗定时炸弹的事。在汽车接近小城烟时，老人刚好说到一九四九年初的夜晚，谭良走出小城烟，回首完成最后一瞥时，看到小城像一片竹林一样安静。

在汽车里接近的小城，由于阴沉的天色显得灰暗与杂乱。老人的话蓦然终止，他看着迅速接近的小城，他的眼睛像是一双死鱼的眼睛。他没再和外乡人说话。有关谭良后来乘坐的帆船被海浪击碎一事，是过去了几天以后，在那座水泥桥上，老人与外乡人再次相遇，他们说了很多话，外乡人是在那次谈话里得知谭良葬身大海的。

汽车驶进了小城烟的车站。外乡人和沈良是最后走出车站的两位旅客。那时候车站外站着几个接站的人。有两个男人在抽烟,一个女人正和一个骑车过去的男人打招呼。外乡人和沈良一起走出车站,他们共同走了二十来米远,然后沈良站住了脚,他在中午的阳光里看起了眼前这座小城。外乡人继续往前走,不知为何外乡人走去时,脑中出现沈良刚才在车上叙述的最后一个情景——谭良在一九四九年初离开时,回首望着在月光里像竹林一样安静的小城。

外乡人一直往前走。他向一个站在路边像是等人的年轻女子打听了旅店,那女子伸手往前一指。所以外乡人必须一直往前走。

他走在一条水泥路上,两旁的树木在阴沉的天空下仿佛布满灰尘似的毫无生气。然而那些房屋的墙壁却显得十分明亮,即便是石灰已经脱落的旧墙,也洋溢着白日之光。

后来他走到了那座水泥桥旁,他站住了脚。那时候有几千民工在掘河。他走上了水泥桥,站在桥上看着他们。于是他看到几个民工挖出了一颗定时炸弹。正是那一刻里,炸弹之事永久占据了他的内心。而曲尺胡同26号与名叫杨柳的少女,在他的记忆里如一片枯萎的树叶一样飘扬了出去。

五

一九八八年五月八日夜晚,我与往常一样,离开了临河的寓所。

我小心翼翼地将门关上,尽量不让它发出声响。我这样做是证明自己区别于那些粗俗的邻居,他们关门时总要发出一种劈柴似的声音。然后我走上了那条散发着世俗气息的窄小的街道。

那是一个月色异常宁静的夜晚,但是街上没有月光,月光挂在两旁屋檐上,有点近似清晨的雨水。我走在此刻像是用黑色油漆涂抹过的街道上,这条街道与城内所有的街道一样,总是让我感到不安。黑暗并不能让我绝对安心。街道在白天里响彻过的世俗声响,在此刻的宁静里开始若隐若现。它们像一些浅薄的野花一样恶毒地向我开放起来。

我在走过街道时,没有遇上一个人。这是我至今为止最愉快的一次行走。所以我没有立刻走上横在前面这条城内最宽阔的大街,而是回首注视那条在月光下依旧十分黑暗的街道。刚才行走在上面的不安已经荡然无存。我迟迟没有继续往前行走,是因为我无法否定自己再次走上那条街道的可能。

我在路口显示出来的犹豫并没有持续多久。一个人,确切说是一个人模糊的影子在那条街道上展览出来,他的脚步声异常清晰。他脚上的皮鞋在任何商店都可以买到,而且他还在某个角落的鞋匠那里钉上了鞋钉。他走来的声音使我无法忍受,仿佛有人用一块烂铁在敲我寓所的窗玻璃。

我在路口的犹豫就这样被粉碎了。我转身离开路口,往右走上了宽阔的大街。我尽量使自己走得快一些,我希望那要命的鞋声会突然暴死街头。然而我前面同样存在着不少危险,我在努力摆脱后面鞋声的同时,还得及时避开前面的行人。在避开时必须注意绕过路旁的梧桐树和垃圾桶,以及突然出现的自行车。这种艰难的行走对我来说几乎夜夜如此。夜色虽然能够掩护我,可是月光和街道两旁的灯光将这种掩护瓦解得十分可怜。当我身上某个部位出现在灯光里时,我会突然地惊慌失措。尽管白天我有时也会走上这条大街,然而由于光线对街道的匀称分布,使我不会感到自己很突出。我觉得自己隐蔽在暴露之中。而夜晚显然是另一种情况,就是现在这种情况。现在我已经走过那家装修过十五次的饭店,这时后面的鞋声已经消失,事实上这时我处于各种杂乱声响的围困之中。根据以往的经验,我知道自己马上就要走入安静了。

不久之后我来到通往安静的街口,现在面临的问题是如何穿越脚下的大街,从而进入对面的小街。这样的穿越有时候轻而易举,有时候却会被意外阻挡。现在出现了这样的事实,两辆自行车在我要进去的街口相撞。两个人显示了两种迥然不同脱离自行车的姿态,结果却以同样的方式摔倒在地。两个人从地上爬起来以后,都发出了汽车发动似的喊叫。他们的喊叫声使四周所有的人都奔跑过去。于是街口像塌方一样被挡住了。他们挤在一起真让我恶心。他们发出的声音如同一颗手榴弹在爆炸。这时候他们开始往左侧移动过去,他们移过去时很像一只大蛤蟆在爬动。我的街口总算显露出来。我是这时候穿越过去的。

现在我已经走上了通往住宅区的街道,这是一条倾斜下去的水泥路,前面有一个十字路口在路灯下一副无所事事的模样,那是两条同样狭窄的街道交错而成的。它向我展示了住宅区的安静。我在走过十字路口以后,便正式走入了住宅区。

在月光里显得十分愚蠢的楼房,用它们窗口的灯光向我暗示了无数人的存在。楼房使我充满好感。楼房似乎囚禁了所有我不喜欢的人。但是这种囚禁并不是牢不可破。我在贴近楼房行走时,有时会依稀听到里面楼梯的响声。他们的自由自在常使我心怀不满。在我走入住宅区时,无法不遇到也在行走的人,甚至还有自行车和汽车。但我最担心的是行走的人,一想到他们的鞋有可能踏在我踩过的地方,我就无法阻挡内心涌上来的痛苦。

我像往常一样在夜晚游荡于住宅区窗帘的光芒之中。我的想入非非在此刻像一只蝙蝠一样迅速飞翔。我的想象正把自己带向一个不可知的地方。我感到自己正在远离住宅区,正在进入的地方由千百万种光怪陆离的光芒组成。

然而这种情况在一九八八年五月八日的此刻却并没有如愿以偿。我的目光停留在一个布满许多弧线和圆圈的窗帘上。我并不知道停留的时间多了一些,只是开始感到自己的思绪脱离了以往的轨道,向着另一个方面如一条小路似的延伸了过去。然后我才感到一个可怕的想法已经来到近前。我发现自己绕开了目光中的窗帘,我预感到自己是在背叛窗帘。我在想这个窗帘显然代表了一个房间,而房间里应该有一个或者两个以上的人,那么人此刻在干什么?这个世俗的想法使我吓了一跳。我立刻转身离去是一种补救的方法。我走得很快,我希望自己能够迅速地离开住宅区。

我不敢再抬头仰视窗帘，我担心刚才的错误会泛滥成灾。我在走过十字路口时，自己并没有发觉，那时候我只是感到内心平静了一些。我沿着有些倾斜的水泥路走上去，不久之后我已经走上宽阔的大街了。

街道在此刻显得清静多了，两旁的商店都关上了门，只有寥寥不多的几个人行走在街上。于是我才感到自己已经脱离了危险。此刻的街上铺满月光，我走在上面仿佛走在平静的河面上。

我就这样走到了那家饭店旁，这时候我听到一种声音在内心响起。声音由远而近，刚开始时很像是风中树叶的响声，后来我渐渐感到它有点像脚步声，似乎有一个人在我内心向我走来。这使我惊愕不已。在我走过饭店十来米以后，我已经分辨出那是一个少女的脚步声。她好像是赤脚走在我的内心里，因此脚步声显得像棉花一样柔和。我似乎隐隐约约地看到了一双粉红色的小脚丫，于是我内心像是铺满阳光一样无比温暖。我在朝前走去时，她似乎也走向与我同样的地方。当我走完这条大街，进入那条狭窄的小街时，我有了一种似乎与她并肩行走的感觉。

我是在一片恍惚里走到自己的寓所前。我拿出钥匙时，也听到她拿出钥匙的声响。然后我们同时将钥匙插入门锁，同时转动打开了门。我走入寓所，她也走入。不同的是她的一切都发生在我的内心。我将门关上时听到她的关门声，她关门的声响恍若她脱下一件衣服那么柔和。我在屋内站了一会，我觉得她也站在那里。她的呼吸声十分细微，使我想到自己脸上皱纹的纹路。然后我走到窗前，打开了窗户，一股微风从河面上吹进了我的寓所。

鲜血梅花

我看着在月光里闪烁流去的河流。我感到她也站在窗前,我们无声地看了一会河流。此后我重新关上了窗户,向自己的床走去。我在床上坐了五分钟,接着脱下了外衣,先熄了灯,随后才躺到床上。我看着户外的月光穿越窗玻璃照耀进来,使我的房间布满荧荧之光。她这个时候也躺在床上,她像我一样安静。我无法准确地判断她究竟是躺在我的床上,还是躺在另一张床上。我感到自己像月光一样沉浸在夜色无边的宁静之中。我从来没有像现在这样觉得一切都充满了飘忽不定的美妙气息。

六

五月八日夜晚奇妙的内心经历,并没有随着那个夜晚一起过去。在我翌日醒来时,立刻获得一种陌生的印象。我的寓所让我感到有些不同以往,似乎增加了点什么,或者减少了一些什么。这个印象让我明白自己不再是独自一人,另一个人带着她的部分生活加入了我的生活。我并不因此表现出惊慌失措,也没有欣喜若狂。我如同接受屋外河水在流动的事实,接受她的到来。

我躺在床上的时候,觉得她已经走出了我的内心。她在我还睡着时就已经起床,她正在厨房里为我准备早饭。我全然不顾没有厨房这个事实,尽管我也明白这一点,可我无法说服自己没有厨房,因为她在厨房里。她的到来使我的寓所都改变了模样。

我觉得自己该起床了,总不能出现在她将早饭准备完毕后我还在睡的局面。我起床以后先去拉开窗帘。因为我还在睡,她起床时没有拉开窗帘。这一点对一个妻子来说是最起码的。我拉窗帘时发现没窗帘，我才发现阳光早已蜂拥进来了。我看到窗下流动的河此刻明亮无比。一些驳船在河面上行驶时也在闪闪发亮。几片青菜叶子从我窗下漂过。

我离开窗口朝厨房走去。虽然我知道没有厨房，可我还是走了过去，并且走入了厨房。由于厨房太狭窄，我擦着她的身体走到水槽旁。我似乎听到她的衣服发出窸窸窣窣的响声。然后我开始刷牙时她好像说了一句话，但我没听清。我的刷牙声很不礼貌地遮盖了她的说话声，因此我马上终止了刷牙。我朝她看了一眼，她也正看着我。于是我看到了她的目光，她的目光使我蓦然一惊。在此之前，她一直存在于我的恍惚里，可是现在我却非常实在地看到了她的目光。尽管我还无法准确地看到她的眼睛，但她的目光已经清晰无比地进入了我的眼睛。她的目光十分平静，并没有因为我刚才没听清她的话而恼怒。她的目光看着我，表明她在等待着我的回答或者询问。然后我转过脸去后由于惊愕，一时不知如何是好。所以她的目光随即就移开了。显然刚才那句话是无足轻重的。她的目光移开时，我似乎感觉到她脸部的转动。接着她离开了厨房。

过一会后我也离开厨房，我来到卧室时，感觉她站在窗前。我走了过去，站在她身旁。我从旁边去看她的目光，但是没法看清。她在注视着窗下的河流。

七

多日之后的下午,我离开了自己的寓所。我决定到外面去走走,因为我的寓所开始让我感到坐立不安。

多日前那个夜晚向我走来的少女,次日向我展示的目光,使我一直完美的生活明显地出现了缺陷。她的目光整日在我房间里游荡,可我却很少能够看到这目光。这个才来不久的少女,显然好像与我一起生活了二十年似的;她很少注视我。她似乎更喜欢去注视窗下流动的河。她的目光总是飘在我的视线之外,使我很难捕捉。因此我无法阻止自己内心与日俱增的烦躁。

在多日之后这个下午来到时,我决定对她实行一种短暂的抛弃。那时候她正站在窗前,注视着那条使我仇恨满腔的河流,我朝门口走去了。我走时整个房间都回荡着我的脚步声。我从来没有使用过如此响亮的脚步,我这样做是向她表明——我走了。我希望她会用目光来关注。可我走到门旁回首时,她仍在看着那条河流。这无疑坚定了我抛弃她一下的想法。我打开房门走了出去,随后用比世俗的邻居还要响的声音关上了门。我并没有立刻离去,而是立刻打开了门。我觉得她依旧站在窗前没有反应。这一次的关门声与我的心情一样沮丧。我在朝前走去时听到自己的脚步声如掉在地上的枯树枝。

我走上白昼的街道时,丧失了以往的警惕。很久以来我第一次离开寓所时不再那么谨慎,我不再感到街上的行人会对我构成威胁。这时候我才真正明确,她的到来已将我原有的生活破坏到何种程度。因此我现在行走在街上时,感到自己的脚步声已经支离破碎。我的目光不再像以往那样总是试试探探,而像疯子一样肆无忌惮起来。在行人如蜘蛛网组成的目光中横冲直撞。我希望能够阻止这种目光,可我无法克服自己目光的欲望。我在朝前走去时,不放过所有迎面而来的目光。我如此充满渴望地去迎接那些目光,使我自己都惊愕不已。很多目光在我的目光中畏畏缩缩,也有一些充满敌意的目光,但我并不对此表现出一丝的犹豫。我的目光在这些挑战的目光中穿过时显得十分自如。

我感到自己扬眉吐气地走在大街上,这种行走使我充满快感。我在转弯或者穿越马路时不再表现出迟迟疑疑,而像把一颗石子扔进河水一样干脆。我不知道自己在走向何处,只是感到街上的目光稀少了。直到不再看到目光时,我才站住脚。这时候我发现自己已经来到了住宅区。

那时候我正站在一扇敞开的门近旁,我看到一个穿着黑色夹克的年轻人正与一个年老的女人交谈。女人坐在门口剥着豆子。女人说话的声音让我想起风中的一张旧报纸。我看着她,她的目光飘在我的视线之外,她也没有看那个年轻人。她的目光在手上的豆子和前面一根电线杆之间荡来荡去,她似乎在向年轻人讲述一桩已经模糊了的往事。

在我准备离去时,出现了这样一个情况。有人在我后面发出了由三个音节组成的声音。这声音显然代表了某一个姓名。我转回脸去时,看到了一个同样年老的女人。然后两个女人用一种像是腌制过的声音交谈起来,其间的笑声如两块鱼干拍打在一起。

年轻人此刻站了起来,也许刚才女人的讲述已经结束,他的身材与我近似。他站起来后向我走来,并且看了我一眼。他的目光使我大吃一惊。他的目光正是我在厨房里刷牙时看到的目光。他从我身边走了过去。

我的惊讶并没有长久地持续下去,他在向前走去时,我明白了自己接下去该干些什么。我也开始向前走去。刚才的发现使我此刻对他的跟踪不由自主。

他走过十字路口时的安静,让我亲切与熟悉。然后他沿着倾斜的水泥路走去,我看到他的双腿抬起来时,与我的腿一模一样。不一会他走到了街口,他站在街口迟疑了很久。我知道他是准备穿越大街,准备踏到对面的人行道上,或者向左,或者向右。他在等待机会,等待一条横过来的空隙出现。接着他突然奔跑了过去,那个时候我也奔跑了过去。我与他几乎是同时奔跑过去,因为那一条空隙是同时向我们呈现的。他奔过去时表现出来的惊慌失措,使我羞愧不已。我第一次看到自己以往无数次穿越大街时的狼狈姿态,我是从他身上看到的。

此后他表现得镇定自若了。这种镇定是我们应有的,这时候我们都踏上了人行道。他开始平静地往前走去,他的平静使我对此刻自己的走姿十分满意。他用最平凡的姿态向前走去,那正是我以往每次上街的态度。他这样走去是为了让自己消失在行人之中,他隐蔽自己的手段与我一模一样。现在没人会注意他,只有我。我看着他就如同看着自己在行走。

他的行走在一间临河的平房前终止。他从右边口袋里拿出一把金黄色的钥匙,我右边的口袋也有一把金黄色的钥匙。他打开门走了进去。他关门时显得小心翼翼,发出的声响是我以往离开寓所时的关门声。但是我并没有走入这间临河的平房,我站在平房之外一根水泥电线杆旁。我的不知所措是从这时开始的。我现在不知道该如何安排自己。由于刚才的跟踪是不由自主,现在跟踪一旦结束,我便如一片飘离树枝的叶,着地后不知道该干什么了。我觉得自己一直这么站着太引人注目,所以我就在附近走动起来,同时思考我该干些什么。

他这时候走出来,手里拿了一沓白纸和一支铅笔。他关门以后向左走去,但没走几步又转弯了。他绕过一个垃圾桶,沿着河边的石阶走了下去。然后爬进了水泥桥的桥洞。他在桥洞里坐下来时显得心安理得。

我没有沿着石阶走下去,因为我的不知所措还没有结束。我在想为什么要跟踪他,这个想法持续了很久才出现答案,我是因为他的目光来到了这里。现在跟踪已经完成,他就端坐在桥洞里。接下去我该干什么?这个想法使我烦躁不安。我在水泥桥上来回走动,而我多日前在厨房里见到的目光就在下面桥洞里。我开始想象那目光在桥洞里的情景。那种让我坐立不安的目光此刻也许正凝视着一片肮脏的碎瓦,或者逗留在一根发霉的稻草上。几艘发出柴油机傻乎乎声响的驳船在河面上驶来时,那目光很可能正关注着那些滚滚黑烟。

我决定到桥洞里去。我想桥洞里坐两个人不会显得狭窄。因此我走下桥坡,又沿着石阶走下去。我在河沿上站了一会,他在十来米远处端坐着,他的目光正注视着手上的白纸。这情景比我刚才的想象显然好多了,然后我向他走去。

他抬起头望着我,他的目光使我有些紧张。事实上他丝毫没有一丝惊讶,他十分平静地望着我,让我感到自己不是冒昧走去,而是出于他的邀请。我爬入了桥洞,在他对面坐下。我在两三尺距离内注视着他的目光,我再次证实了与我在厨房所见的目光毫无二致。但是他的眼睛却与我感觉中少女的眼睛很不一样。他的眼睛有些狭长,而我感觉中少女的眼睛则要宽敞得多。

我告诉他:

"好几天以前的一个夜晚,一个少女来到了我的内心。她十分模糊地与我共同度过了一个晚上。次日我醒来时她并没有离去,而是让我看到了她的目光。她的目光就是你此刻望着我的目光。"

八

他听后没有表现出使我担心的那种怀疑,而让我感到他对我的话坚信不疑,他说:

"你刚才所说的,很像我十年前一桩往事的开头。"

"十年前,"他告诉我,"也就是一九八八年五月八日。"那是一个月光明媚的夜晚,他像往常一样走在家乡的街道上。他家乡的路灯是橘黄色的,因此那个晚上月光在路灯的光线里像纷纷扬扬的小雨。他走在和他心情一样淡泊的街道上,很久以来他一直喜欢深夜的时刻独自一人出去行走。他喜欢户外那种广阔的宁静。然而这种习以为常的行走在那个夜晚出现了意外。他无端地想起了某一个少女。那时候他正走在一座桥上,他在桥上宁静地站了一会,看着河水无声无息地流动。少女在脑中出现时,他正往上走去,因此他在走下桥坡时内心充满惊愕。他仔细观察了自己的想象,于是发现那个少女十分陌生。与他印象里寥寥不多的几个女子相比,她显然与她们迥然不同。他觉得自己无端地想起一个完全陌生的少女有些不可思议。所以他将她的出现理解成自己一时的奇想,他觉得不久之后就会将她遗忘,如同遗忘一张曾写过字的白纸一样。他开始往家中走去,少女在他的想象里与他一起行走。他没有再次惊愕,他以为不久之后她就会自动脱离他的想象。因此他打开家门后与她一起走进去时觉得很自然。他来到了自己的卧室,脱下外衣后躺到了床上。他感到她也躺在床上,所以他的嘴角显露出了一丝微笑。他对自己刚才在桥上生长出来的奇想持续到现在觉得有趣。但他知道翌日醒来时,她必然已经消失。他十分平静地睡去了。

翌日清晨他醒来时,立刻感觉到了她。而且比昨夜更为清晰。他感觉她已经起床了,似乎正在厨房里。他躺在床上再度回想昨夜的经历,于是惊奇地发现:昨夜他还能够确认她是存在于想象之中。而在此刻的回想里,昨夜的经历却十分真实,仿佛确有其事。

他告诉我:

"那一日清晨我走入厨房刷牙时,看到了她的目光。"

目光的出现只是开始。在此后很长一段日子里,他不仅没能将她遗忘,相反她在他的想象里越来越清晰完整。她的眼睛、鼻子、眉毛、嘴唇、耳朵、头发渐渐地和她的目光一样出现了,而且清晰无比。让他时时觉得她十分实在地站立在他面前,然而当他伸手去触摸时,却又一无所有。他用一支铅笔在白纸上试图画下她的形象。虽然他从未学过绘画,可一个月以后他准确无误地画下了她的脸。

他说:

"那是一个漂亮的少女。"

他将铅笔画贴在床前的墙上,在后来几乎所有的时间里,他都是在对画像的凝视中度过的。直到有一天父亲发现他得了眼疾,他才被迫离开那张铅笔画。

他患病期间,先后在三家医院住过。最后一家医院在上海。他们一直没有对他施行手术。直到八月十四日下午,他才被推进了手术室。九月一日他眼睛上的纱布被取了下来。于是他知道了八月十四日上午,一个十七岁的少女因车祸被送入了这家医院,她在下午三时十六分时死于手术台上。她的眼球被取出来以后,医生给他施行了角膜移植手术。他九月三日出院以后并没有回家,他打听到死去的少女的地址,来到了小城烟。

他的目光注视着河岸上的一棵柳树,他在长久的沉思之后才露出释然一笑,他说:

"我记起来了,那少女名叫杨柳。"

然而后来他并没有按照打听到的地址,去敲曲尺胡同26号的黑漆大门。计划的改变是因为他在长途汽车上遇到了一个名叫沈良的人。沈良告诉他一九四九年初国民党部队撤离小城烟时，埋下了十颗定时炸弹，以及一个名叫谭良的国民党军官的简单身世。

一九四九年四月一日，也就是小城烟解放的第二天，有五颗定时炸弹在这一天先后爆炸。解放军某连五排长与一名姓崔的炊事员死于爆炸，十三名解放军战士与二十一名小城居民（其中五名妇女、三名儿童）受重伤和轻伤。

第六颗炸弹是在一九五〇年春天爆炸的。那时候城内唯一一所学校的操场上正在开公判大会。三名恶霸死期临近。炸弹就在操场临时搭起的台下爆炸。三名恶霸与一名镇长、五名民兵一起支离破碎地飞上了天。一位名叫李金的老人至今仍能回忆起当时在一声巨响里，许多脑袋和手臂以及腿在烟雾里胡乱飞舞的情景。

第七颗炸弹是在一九六〇年爆炸的。爆炸发生在人民公园里，爆炸的时间是深夜十点多，所以没有造成人员伤亡。但是公园却从此破烂了十八年。作为控诉蒋介石国民党的罪证，爆炸后公园凄惨的模样一直保持到一九七八年才修复。

第八颗炸弹没有爆炸。那一天刚好他和沈良坐车来到小城烟。他后来站在了那座水泥桥上。那些掘河的民工在阴沉的天空下如蚁般布满了河道，恍若一条重新组成的河流，然而他们的流动却显得乱七八糟。他听着从河道里散发上来的杂乱声响，他感到一种热气腾腾在四周洋溢出来。在那里面他隐约听到一种金属碰撞的声响，不久之后一个民工发出了惊慌失措的喊叫，他在向岸上奔去时由于泥泞而显得艰难无比。接下去的情形是附近的所有民工四处逃窜。他就是这样看到第八颗炸弹的。

几天以后，他在这座桥上与沈良再次相遇。沈良在非常明亮的阳光里向他走来，但他脸上的神色却让人想起一堵布满灰尘的旧墙。沈良走到他近旁，告诉他：

"我要走了。"

他无声地看着沈良。事实上在沈良向他走来时，他已经预感到他要离去了。

然后他们两个人靠着水泥栏杆站了很久。这期间沈良告诉了他上述八颗炸弹的情况。

"还有两颗没有爆炸。"沈良说。

谭良在一九四九年初，用一种变化多端的几何图形埋下了这十颗定时炸弹。沈良再次向他说明了这一点，然后补充道：

"只要再有一颗炸弹爆炸，那么第十颗炸弹的位置，就可以通过前九颗爆炸的位置判断出来。"

可是事实却是还有两颗没有爆炸，因此沈良说："即便是谭良自己，也无法判断它们此刻所在的位置了。"

沈良最后说："毕竟三十九年过去了。"

此后沈良不再说话，他站在桥上凝视着小城烟，他在离开时说他看到了像水一样飘洒下来的月光。

一九七一年九月十五日傍晚，化肥厂的锅炉突然爆炸，其响声震耳欲聋。有五位目击者说当时从远处看到锅炉飞上天后，像一只玻璃瓶一样四分五裂了。

那天晚上值班的锅炉工吴大海侥幸没被炸死。爆炸时他正蹲在不远处的厕所里,巨大的声响把他震得昏迷了过去。吴大海在一九八〇年患心脏病死去。临终的前一夜,在他的眼前重现了一九七一年锅炉爆炸的情景。因此他告诉妻子,他说先听到地下发出了爆炸声,然后锅炉飞起来爆炸了。

他告诉我:

"事实上那是一颗炸弹的爆炸,锅炉掩盖了这一真相。因此现在只剩下最后一颗炸弹没有爆炸。"

然后他又说:

"刚才我还在住宅区和一个女人谈起这件事。她就是吴大海的妻子。"

九

五月八日夜晚来到的女子,在次日上午向我显示了她的目光以后,便长久地占据了我的生活。我那并不宽敞的生活从此有两个人置身其中。

在后来的日子里,我几乎整日坐在椅子上,感觉着她在屋内来回走动。她在心情舒畅的好日子里会坐在我对面的床上,用她使我心醉神迷的目光注视我。然而更多的时候她显得很不安分。她总是喜欢在屋内来回走动,让我感到有一股深夜的风在屋内吹来吹去。我一直忍受着这种无视我存在的举动,我尽量寻找借口为她开脱。我觉得自己的房间确实狭窄了一点,我把她的不停走动理解成房间也许会变得大一些。然而我的忍气吞声并未将她感动,她似乎毫不在意我在克服内心怒火时使用了多大的力量。她的无动于衷终于激怒了我,在一个傍晚来临的时刻,我向她吼了起来:

"够了,你要走动就到街上去。"

这话无疑伤害了她,她走到窗前。她在凝视窗下河流时,表示了她的伤心和失望。然而我同样也在失望的围困中。那时候她如果夺门而走,我想我是不会去阻拦的。那个晚上我很早就睡了,但我很晚才睡着。我想了很多,想起了以往的美妙生活,她的到来瓦解了我原有的生活。因此我对她的怒火燃烧了好几个小时。我在入睡时,她还站在窗前。我觉得翌日醒来时她也许已经离去,她最后能够制造一次永久的离去。我不会留恋或者思念。我仿佛看着一片青绿的叶子从树上掉落下来,在泥土上逐渐枯黄,最后烂掉化为尘土。她的来到和离去对我来说,就如那么一片树叶。

然而早晨我醒来时,感觉到她并未离去。她坐在床前用偶尔显露的目光注视着我,我觉得她已经那么坐了一个夜晚。她的目光秀丽无比,注视着我,使我觉得一切都没有发生。昨夜的怒火在此刻回想起来显得十分虚假。她从来没有那么长久地注视过我,因此我看着她的目光时不由提心吊胆,提心吊胆是害怕她会将目光移开。我躺在床上不敢动弹,我怕自己一动她会觉得屋内发生了什么,就会将目光移开。现在我需要维护这种绝对的安宁,只有这样她才不会将目光移开,这样也许会使她忘记正在注视着我。

长久的注视使我感到渐渐地看到她的眼睛了。我似乎看到她的目光就在近旁生长出来，然后她的眼睛慢慢呈现了。那时候我眼前出现一层黑色的薄雾，但我还清晰地看到了她的眼睛，她的眼睛呈现时眉毛也渐渐显露。现在我才明白她的目光为何如此妩媚，因为她生长目光的眼睛楚楚动人。接着她的鼻子出现了，我仿佛看到一滴水珠从她鼻尖上掉落下去，于是我看到了使我激动不已的嘴唇，她的嘴唇看上去有些潮湿。有几根黑发如岸边的柳枝一样挂在她的唇角，随后她全部的黑发向我展示了。此刻她的脸已经清晰完整。我只是没有看到她的耳朵，耳朵被黑发遮住。黑发在她脸的四周十分安详，我很想伸手去触摸她的黑发，但是我不敢，我怕眼前这一切会突然消失。这时候我发现自己已流眼泪了。

从那天以后，我就不停地流眼泪。我的眼睛整日酸疼，那个时候我似乎总是觉得屋内某个角落有串青葡萄。我开始感到寓所内发生了一些变化。我的床和椅子渐渐丧失了过去坚硬的模样，它们似乎像面包一样膨胀起来。我已经有半个月没有看到夜晚月光穿越窗玻璃的美妙情景。在白天的时候，我觉得阳光显得很灰暗，有时候我会伫立到窗前去，我能听到窗下河水流动的响声，可无法看到河岸，我觉得窗下的河流已经变得宽阔。在我整日流泪的时候，她不再像过去那样总在屋内走来走去。她开始非常安静地待在我身边，她好像知道我的痛苦，所以整日显得忧心忡忡。

四周的景物变得逐渐模糊的时候，她却是越来越清晰。她坐在椅子上时，我似乎看到了她微微跷起的左脚，以及脚上的皮鞋。皮鞋是黑色的，里面的袜子透露出不多的白色。她穿着很长的裙子，裙子的颜色使我有些眼花缭乱，我无法仔细分辨它。但它使我想起已经十分遥远了的住宅区，很多灯光里的窗帘让我的联想回到她的裙子上。后来，我都能够看出她的身高了，她应该有一米六五。我不知道自己怎么会得出这个结论，但我对这个结论确信无疑。

半个月以后，我的眼睛不再流泪。那天早晨醒来时，我觉得酸疼已经消失，于是一切都变得十分安详了。我感觉她在厨房里。我躺在床上看着屋外进来的阳光，阳光依然很灰暗。窗下河面上传来了单纯的橹声，使我此刻的安详出现了一些悠扬。橹声使我感到一种大病初愈后的舒畅。我感到一切波折都已经远远流去，接下去将是一片永久的安定。我知道自己过去的生活确实进行得太久了，现在已到了重新开始的时刻，于是我觉得一股新鲜的血液流入了我的血管。她就是新鲜的血液，她的到来使我看到一丛青草里开放出了一朵艳丽的花。从此以后，我的寓所将散发着两个人的气息。我知道我们的气息将是和谐完美的。

我感到她从厨房里出来了，她朝我的床走来，走来时洋溢着很多喜悦，仿佛她已经知道我眼睛的酸疼消失，而且我刚才的自言自语她也完全听到。她走来并在我的床上坐下，似乎表示她完全同意我刚才的想法。她看着我是要和我共同设计一下今后的生活，她这种愿望完全正确，她这种主人翁的态度正是我所希望的。于是我就和她讨论起来。

我反复问她有什么想法。她一直没有回答，只是无声地望着我。后来我明白了她的想法也就是我的想法。我便在房间里东张西望起来。我首先注意到了自己的窗户，窗户上没有窗帘。于是我感到自己的寓所应该有窗帘了。现在的生活已经不同以往，以往我个人的生活赤裸裸。现在我与她之间应该出现一些秘密的事情，这些事应该隐蔽在窗帘后面。

我对她说："我们应该有窗帘了。"

我感到她点了点头。

然后我又问："你是喜欢青草的颜色，还是鲜花的颜色？"

我感觉她喜欢青草的颜色。她的回答使我十分满意，我也喜欢那种青草的颜色。因此我立刻坐起来，告诉她我马上去买青草颜色的窗帘。她站了起来，她似乎很欣赏我这种果断的行为，我感到她满意地走向了厨房。这时我跳下了床，我穿上衣服走出寓所时，似乎经过了厨房，看到了她的背影。她的背影好像是灯光投在墙上，显得模糊不清。我悄悄地出了门，我希望能够尽快将窗帘买回来。最好在她发现我出去之前，我已经回到了寓所。

因此当我走上寓所外的小街时，我没有理由重复以往那种试试探探的行走。我想起了自行车疾驶而去的情景，我觉得自己也应该那么迅速。我在眼前这条模糊不堪的街上疾步如飞，我觉得自己不时与人相撞，但这并不使我放弃已有的速度。在我走到街口时，感到一直笼罩着我的模糊突然明亮了起来。我想到寓所的窗帘挂起来后，每日清晨拉开窗帘时也许就是此刻的情形。虽然眼前呈现了一片明亮，然而依旧模糊不清，我知道自己已经走在大街上了。我听到四周嘈杂的声响像潮水一样朝我漫涌过来。尽管眼前的一切都显得隐隐约约，可我还是依稀分辨出了街道、房屋、树木、行人和车辆。此刻这一切都改变了以往的模样，它们都变得肥胖起来，而且还微微闪烁着些许含糊的亮光。我看到行人的体形都变得稀奇古怪，他们虽然分开着行走，可含糊的亮光却将他们牵涉在一起。我在他们中间穿过时，不能不小心翼翼。我无法搞清含糊的亮光究竟是什么，我怕自己会走入巨大的蜘蛛网而无力挣脱。然而我在他们中间穿过时却十分顺利，除了几次不可避免的冲撞外，我的行走始终没有中断。

不久之后，我来到了以往总让我犹豫不决的地方。我需要穿越大街了，我要走到对面去，走上一条狭窄的小街，然后穿过一个总是安安静静的十字路口。

事实上这次穿越毫不拖泥带水，我一走到那地方就转弯了。然而在我走到大街中央时，突然发现此刻的穿越毫无意义。我明白自己又要走到住宅区去了，我告诉自己这次出来是买窗帘。我没有批评自己，而是立刻转身往回走。走到第二步时，我感到身体被一辆坚硬的汽车撞得飞了起来，接着摔在了地上。我听到体内的骨头折断的清脆声响，随后感到血管里流得十分安详的鲜血一片混乱了，仿佛那里面出现了一场暴动。

十

一九八八年九月二日下午，我坐在上海一家医院病区的花坛旁，手里捏着一株青草，在阳光里看着一个脸上没有皱纹的护士向我慢慢走来。

在此之前，我正重新回想着自己那天上街买窗帘的情景。那天上午最后发生的是一起车祸，我被一辆解放牌卡车撞得人事不省，当即被送入小城烟的医院。在我身体逐渐康复时，一位来找外科医生的眼科医生发现了我的眼睛正走向危险的黑暗。她就在我的病床前向我指明了这一点。在我能够走动以后，他们把我塞进了一辆白色的救护车。我被送入了上海这家医院。八月十四日，三位眼科医生给我做了角膜移植手术。九月一日，我眼睛上的纱布被取下来，我感到四周的一切恢复了以往的清晰。

现在那个护士已经走到了我的身旁，她用青春飘荡的眼睛看着我，阳光在她的白大褂上跳跃不止。我从她身上嗅到了纱布和酒精的气味。

她说："你为什么拿了一株青草？"

我没有回答，因为我无法理解她此话的含意。

她又说："在你近旁有那么鲜艳的花，可你为什么喜欢一株青草？"

我告诉她："我也不知道。"

她笑了起来，她的笑让我想起在小城烟里曾经走过的一家幼儿园。

她说："有个叫杨柳的姑娘，她已经死了。我最后一次看到她时，她就坐在你现在的位置上，手里也拿了一株青草。我这样问她，她的回答与你相同。"

由于我没有对她的话表现出足够的兴趣，所以她继续说："她的目光也和你一样。"

我与护士的交谈持续了很久。因为护士告诉了我那个名叫杨柳的十七岁的少女的事。杨柳是患白血病住到这家医院的,在她即将离世而去时,我被送入了这家医院。她为我献出了自己的眼球。她是八月十四日三时多死去的,那时候我正躺在手术台上,接受角膜移植手术。

护士指着前面一幢五层大楼,告诉我:"杨柳死前就住在四层靠窗口的病床上。"

她所指的窗口往下二层窗口旁的病床,就是我此刻的病床。我发现自己和杨柳躺在同样的位置里,只是中间隔了一层。

我问护士:"三层靠窗的病床是谁?"

她说:"不太清楚。"

护士离去以后,我继续坐在花坛旁,手里继续捏着那株青草。我心里开始想着那个名叫杨柳的姑娘,我反复想着她临死前可能出现的神态。这种想法一直左右着我,从而使我在医院收费处结账时,顺便打听了杨柳的住址。杨柳也住在小城烟,她住在曲尺胡同 26 号。我把杨柳的地址写在一张白纸上,放入了上衣左边的口袋。

十一

九月三日出院以后,我坐上了驶往小城烟的长途汽车。

那是一个阴沉的上午,汽车驶在上海灰暗的街道上,黑色的云层覆盖着不多的几幢高楼。车窗外的景象使我内心出现一片无聊的灰瓦屋顶。我尽量让自己明白前去的地方就是小城烟，在中午时刻我已经摸出钥匙插入寓所的门锁了。因此我此刻坐在汽车里时，无法回避她坐在房间里椅子上的情景。我的心如干涸的河流一样平静，我的激情已经流失了。我知道自己走入寓所时，她会从椅子上站立起来，但她表达自己情感的方式我没有想象。我会朝她点一点头，别的什么都不会发生。仿佛我并不是离去很久，只是上了一次街。而她也不是才来不久，她似乎已与我相伴了二十年。由于坐车的疲倦，我可能一进屋就躺到床上睡去了。她可能在我睡着时伫立在窗前。一切都将无声无息，我希望这种无声无息能够长久地持续下去。

汽车驶出上海以后，我看到宽广的田野，而黑色的云层在此刻显示了它的无边无际，它们在田野上随意游荡。车窗外阴沉的颜色，使我内心很难明亮起来。

车内始终摇晃着废品碰撞般的人声。我坐在27号座位上，那是三人的车座。靠窗25号坐着一位穿着藏青色服装的老人，从他那里总飘来些许鱼腥味。中间26号坐着一个来自远方的年轻人，他身上散发出来的气息，使我眼前出现一片迎风起舞的青草。我们处于嘈杂之声的围困中。外乡人始终望着车窗外，老人则闭眼沉思。

汽车在阴沉的上午疾驶而去。不久之后进入了金山，然后又驶出了金山。窗边的老人此刻睁开了眼睛，转过脸去看着26号的外乡人，外乡人的脸依旧面对车窗，我不知道他是在看外面的景色，还是看身旁的老人。

那个时候我听老人对外乡人说：

"我叫沈良。"

老人的声音在继续下去："我是从舟山来的。"

随后他特别强调了一句："我从出生起，一直没有离开过舟山。"

此后老人不再说话。尽管不再说话，可老人始终没有放弃刚才交谈的姿态。过了约莫四十分钟，那时候汽车已经接近小城烟了，老人才又说起来。老人此刻的声音与刚才的声音似乎很不相同。

他此刻告诉外乡人的，是一桩几十年前的旧事—— 一九四九年初，一个名叫谭良的国民党军官，指挥工兵排在小城烟埋下了十颗定时炸弹。

老人的叙述如一条自由延伸的公路那么漫长，他的声音在那桩漫长的往事里慢慢走去。直到小城烟在车窗里隐约可见时，他才蓦然终止无尽的叙述。他的目光转向了窗外。

汽车驶进了小城烟的车站。我们三个人是最后走出车站的旅客。那时候车站外站着几个接站的人。有两个男人在抽烟，一个女人正与一个骑车过去的男人打招呼。我们一起走出了车站，我们共同走了二十来米远，这时老人站住了脚。他站在那里十分古怪地看起了小城。我和外乡人继续往前走，后来外乡人向一个站在路旁像是等人的年轻女子打听什么，于是我就一个人往前走去。

十二

很久以后,当我重新回想一九八八年五月八日夜晚开始的往事时,那少女的形象便会栩栩如生地来到眼前。当初所有的情景,在后来的回想里显得十分真实,以至使我越来越相信自己生活里确曾出现过一位少女,而不是在想象中出现。同时我也清晰地意识到这些都发生在过去,现在仍然一无所有。我又恢复了更早些时候的生活。我几乎天天夜晚到住宅区去沐浴窗帘之光。略有不同的是,我在白昼也会大胆地游荡在众人所有的街道上。那时候我已不感到别人向我微笑时的危险,况且也没人向我微笑。

在我微薄的记忆里,有关少女的片段,只是从五月八日开始到那次不幸的车祸。车祸以后的情节,在我后来的回忆里化成了几个没有月光的黑夜。我现在走在街道上的心情,很像一个亡妻的男人的心情。随着时间的流逝,我开始相信曾经有过的那位妻子,在很久以前死去了。

后来有一天,我十分偶然地看到了一张泛黄的纸。纸上写着:杨柳,曲尺胡同 26 号。

那天我坐在写字台旁的椅子上,完全是由于无法解释的理由,我打开了多年来不曾翻弄过的抽屉,我从里面看到了这张纸。

纸上写着的字向我暗示一桩模糊了的往事,我陷入了一片空洞的沉思。我的眼睛注视着窗外的阳光。我把此刻的阳光和残留在记忆里的所有阳光都联结起来。其结果使我注意到了一个鲜艳的花坛旁的阳光。一个护士在那次阳光里向我走来,她的嘴唇在阳光里活动时很美妙。她告诉了我一个名叫杨柳的少女的某些事情。这张纸所暗示的含意，在此刻已经完全清晰了。

这张泛黄的纸在此刻出现，显然是为了提示我。多年前我在上海那家医院收费处写下这些字时，并不知道自己内心的想法，完全是机械的行为。直到现在，它的出现使我明白了自己当初的举动。因此在我离开此刻寓所窗前的阳光，进入街道上的阳光时，我十分清楚自己走向何处。

曲尺胡同26号的黑漆大门已经斑斑驳驳。我敲响大门时，听到了油漆震落下去的简单声响。这种声响断断续续持续了好一会，才从里面传来犹豫的脚步声。大门发出了一声衰老的长音后，一个五十多岁的男人站在了我的面前。他看到我时脸上流露了吃惊的神色。

我为自己的冒昧羞愧不已。

然而他却说："进来吧。"

他好像早就认识我了，只是没有料到此刻我会如此出现。

我问他："你是杨柳的父亲？"

他没有直接回答，而是说："进来吧。"

我随他进了门，我们走过一个长满青苔的天井后，进入了朝南的厢房。厢房里摆着几把老式的椅子，我选择了靠窗的椅子坐下，坐下时感到很潮湿。他现在以相识很久的目光看着我。那是一个十分平静的男人，刚才开门时他已经显示了这一点。他的平静有助于我准确地表达自己的来意。

我说："你女儿……"我努力回想起当初在花坛旁护士活动

的嘴唇,然后我继续说,"你女儿在一九八八年八月十四日死去的?"

他说:"是的。"

"那时候我正躺在上海那家医院的手术台上,和你女儿死去的同一家医院。"

我这样告诉他。我希望他的平静能够再保持五分钟,那么我就可以从车祸说起,说到他女儿临终前献出眼球,以及我那次成功的角膜移植手术。

然而他却没有让我说下去,他说:"我女儿没有去过上海,她一生十七年里,一次都没有去过上海。"

我无法掩盖此刻的迷惑,我知道自己望着他的目光里充满了怀疑。

他仍然平静地看着我,接着说:"但她确实是一九八八年八月十四日死去的。"

那个炎热的中午使他难以忘记,他和杨柳坐在天井里吃完了午饭。杨柳告诉他:

"我很疲倦。"

他看到女儿的脸色有些苍白,便让她去睡一会。

女儿神思恍惚地站了起来,摇摇晃晃地走向卧室。事实上她神思恍惚已经由来已久,所以当初女儿摇晃走去时他并没有特别在意,只是内心有些疼爱。

杨柳走入卧室以后,隔着窗户对他说:

"三点半叫醒我。"

他答应了一声,接着似乎听到女儿自言自语道:"我怕睡下去以后会醒不过来。"

他没有重视这句话。直到后来,他重新想起女儿一生里与他说的最后这句话时,才开始感到此话暗示了什么。女儿的声音在当初的时候就已经显得虚无缥缈。

那个中午他没有午睡,他一直坐在天井里看报纸。在三点半来到的时候,他进入了她的卧室,那时她刚刚死去不久。

他用手指着我对面的一个房间,说:"杨柳就死在这间卧室里。"

我无法不相信这一点。一个丧失女儿的父亲不会在这一点上随便与人开玩笑。我这样认为。

他沉默了良久后问我:"你想去看看杨柳的卧室吗?"

他这话使我吃了一惊,但我还是表示自己有这样的愿望。

然后我们一起走入了杨柳的卧室。她的卧室很灰暗,我看到那种青草颜色的窗帘紧闭着。他拉亮了电灯。

我看到床前有两个镜框。一个里面是一张彩色相片,一个少女的头像。另一个里是一个年轻男子的铅笔画。我走到彩色相片旁,我蓦然发现这个少女就是多年前五月八日来到我内心的少女。我长久地注视着这位彩色的少女。多年前我在寓所里她显露自己形象的情景,和此刻的情景重叠在一起。于是我再次感到自己的往事十分真实。

这时候他问:"你看到我女儿的目光吗?"

我点了点头。我看到了自己死去妻子的眼睛。

他又问:"你不感到她的目光和你的很像?"

我没有听清这句话。

于是他似乎有些歉意地说:"相片上的目光可能是模糊了一些。"

然后他似乎是为了弥补一下,便指着那张铅笔画像告诉我:

"很久以前了,那时候杨柳还活着。有一天她突然想到一个完全陌生的男子,这个男子她以前从未见过。可是在后来,他却越来越清晰地出现在她的想象里,她就用铅笔画下了他的像。"

他有关铅笔画的讲述,使我感到与自己的往事十分接近。因此我的目光立刻离开彩色的少女,停留在铅笔画上。可我看到的并不是自己,而是一个完全陌生的男人。

他在送我出门时,告诉我:"事实上,我早就注意你了,你住在一间临河的平房里。你的目光和我女儿的目光完全一样。"

十三

离开曲尺胡同 26 号以后,我突然感到自己刚才的经历似乎是一桩遥远的往事。那个五十多岁男人的声音在此刻回想起来也恍若隔世。因此在离开彩色少女时,我并没有表现出激动不已。刚才的一切好像是一桩往事的重复,如同我坐在寓所的窗前,回忆五月八日夜晚的情景一样。不同的是增加了一扇黑漆斑驳的大门,一个五十多岁的男人和两个镜框。我的妻子在一九八八年八月十四日死去了,我心里重复着这句陈旧的话语往前走去。

我走上河边的街道时，注意到一个迎面走来的年轻男子。他穿着的黑色夹克，在阳光里有一种古怪的鲜艳。我不知道自己为何如此关注他。我看着他走入了一间临河的平房，不久之后又走了出来。他手里拿着一支铅笔和一沓白纸，沿着河岸的石阶走下去，走入了桥洞。

由于某种我自己都无法解释的理由，我也走下了河岸。那时候他已经坐在桥洞里了。他看着我走去，他没有表示丝毫的反对，因此我就走入了桥洞。他拿开几张放在地上的白纸。我就在那地方坐下。我看到那几张白纸上都画满了错综复杂的线条。

我们的交谈是一分钟以后开始的。那时他也许知道我能够安静地听完他冗长的讲述，所以他就说了。

"一九四九年初，一个名叫谭良的国民党军官，用一种变化多端的几何图形，在小城烟埋下了十颗定时炸弹。"

他的讲述从一九四九年起一直延伸到现在。其间有九颗炸弹先后爆炸。他告诉我：

"还有最后一颗炸弹没有爆炸。"

他拿起那几张白纸，继续说："这颗炸弹此刻埋在十个地方。"

"第一个地方是现在影剧院九排三座下面。"他说，"那个座位有些破了，里面的弹簧已经显露出来。"下面九个地方分别是：银行大门的中央、通往住宅区的十字路口、货运码头的吊车旁、医院太平间（他认为这颗炸弹最没有意思）、百货商店门口第二棵梧桐树、机械厂宿舍楼102室的厨房里、汽车站外十六米处的公路下、曲尺胡同57号门前、工会俱乐部舞厅右侧第五扇窗下。

在他冗长的讲述完成以后，我问他：

"这么说在小城里有十颗炸弹？"

"是的。"他点点头，"而且它们随时都会爆炸。"

现在我终于明白自己刚才为何会如此关注他，由于那种关注才使我此刻坐在了这里。因他使我想起杨柳卧室里的铅笔画，画像上的人现在就坐在我对面。

一九八九年二月十四日

祖　先

一位满脸白癜风斑的货郎,摇着拨浪鼓向我们村走来。我们村庄周围的山林在初秋的阳光里闪闪发亮。没有尘土的树叶,如同玻璃纸一样清澈透明。这是有关过去的记忆,那个时代和水一起流走了。我们的父辈们生活在这里,就像是生活在井底,呈现给他们的天空显得狭窄和弯曲,四周的山林使他们无法看到远处。距离对他们而言成了简单的吆喝,谁也不用走到谁的跟前说话,声音能使村庄缩小成一个家庭。如今这一切早已不复存在,就像一位秃顶老人的荒凉,昔日散发着蓬勃绿色的山村和鸟鸣一起销声匿迹了,粗糙的泥土,在阳光下闪耀着粗糙的光芒,天空倒是宽阔起来,一望无际的远处让我的父辈们看得心里发虚。

那天,摇着拨浪鼓的货郎向我们走来时,我正睡在父亲汗味十足的棉袄里,那件脏得发亮的棉袄包住了我,或者说我被稻草捆住了。一个我异常熟悉的女人把我放在田埂上,她向我俯下身来时头发刺在了我的脸上,我发出了青蛙般的叫声。我的母亲就直起了身体。她对她长子的叫声得意洋洋,而在田里耕作的父亲对我表达生命的叫唤似乎充耳不闻,他用柳枝抽打着牛屁股,像是一个爬山的人前倾着身体。我母亲用力撕下了头巾,让风把头发吹得重又整齐后,又使劲扎上了头巾。这一组有些夸张的动作,展示了我母亲内心的不满。我父亲对他长子的麻木,让我母亲对他夜晚的欢快举动疑惑不解。这位在水田里兢兢业业的男人实际上是一个没有目的的人,对他来说,让我母亲怀孕与他将种子播入田里没什么两样,他不知道哪件事更值得高兴。我母亲对他喊:

"喂,你听到了吗?"

我父亲将一只脚从烂泥里拔了出来,扭着身体看我母亲。这时候谁都听到了白癜风货郎的拨浪鼓,鼓声旋转着从那些树叶的缝隙中远远飘来。我看到了什么?青草在我眼睛上面摇晃,每一根都在放射着光芒,明亮的天空里生长出了无数闪闪发亮的圆圈,向我飞奔而来,声音却是那么遥远。我以为向我飞来的圆圈是用声音组成的。

在我父亲黝黑的耳中,白癜风货郎的鼓声替代了我刚才的叫唤,他脸上出现了总算明白的笑容。我父亲的憨笑是为我母亲浮现的,那个脸上白斑里透出粉红颜色的货郎,常为女人带来喜悦。我忠诚的父亲对远远来临的鼓声所表达的欢乐,其实是我母亲的欢乐。在鼓声里,我母亲看到了色彩古怪的花朵,丧失了绿叶和枝丫后,直接在底色不同的布料上开放。这种时候母亲当然忘记了我。渐渐接近的拨浪鼓声使我父亲免除了责备,虽然他对此一无所知。我母亲重又撕下了头巾,拍打着身上的尘土向鼓声传来的树林走去。她扭动着的身体,使我父亲的目光越来越明亮。

一群一群栖息的鸟,从树林里像喷泉一样飞向空中,在光芒里四散开去。我可能听到了树梢抖动后的哗哗声。我那无法承受阳光而紧闭的眼睛里,一片声音在跳跃闪烁。那些在田里的男人双手抱住他们的锄头,看着村里的女人拥向鼓声传来的地方。她们抬起胳膊梳理着头发,或者低头拍打裤管上的泥土,仅仅是因为白癜风货郎的来到,使她们如此匆忙地整理自己。

拨浪鼓的响声在树林上方反复旋转。遮住了天空的树林传来阵阵微妙的风声,仿佛是很多老人喑哑的嗓音在诉说,清晰的鼓声飘浮其上,沿着山坡滑了过来。我母亲伸直了脖子,像是仰望天空一样望着伸手可及的树林。她和村里的女人在一起便要叽叽喳喳,女人尖厉的声音刺激了我张开的耳朵,为什么女人的声音要和针一样锋利,在明亮的空中一道一道闪烁,如同我眼睛上面的青草,摇摇晃晃刺向了天空。

那个货郎总是偏离方向,我母亲她们听到鼓声渐渐斜过去,不由焦虑万分,可她们缄口不言。她们伸长了脖子,犹如树巢里的麻雀。如果她们齐声呼喊的话,将有助于货郎找到我们村庄。在这些女人的费解的沉默里,货郎似乎意识到了判断上的误差,于是鼓声令人欣喜地斜了回来。问题是他又逐渐斜向了另一端。满脸白癜风斑的货郎踩着松软的枯叶,在枝丫的缝隙里弯弯曲曲地走来。终于让她们听到了扁担吱呀吱呀的响声,隐藏在旋转的鼓声里，微弱无力，却是激动人心的。

货郎拨开最后一根阻挡他的树枝，被担子压弯了的腰向我们村庄倾斜过来。他看到众多女人的眼睛为他闪闪发光时，便露齿一笑。他的一口白牙顿时使脸上的白斑黯淡无色。

于是女人尖厉的声音像沸水一样跳跃起来，她们的欢乐听上去是那么的轻飘飘毫无掩饰之处。我已经能够分辨其中的那个声音，从我母亲张开的嘴飞翔而出，她滔滔不绝，就像是石片在水面上滑过去激起一连串的波浪，我意识到了母亲的遥远，她的嗓音里没有潮湿的气息喷在我脸上，我最初感受到了被遗弃的恐惧。过于明亮的天空使我的眼睛开始疼痛难忍，那些摇晃的草尖明确了我的孤独。我张开空洞的嘴，发出与我处境完全吻合的哭喊。

谁会在意一个微小生命的呼叫？我显示自己存在的声音，说穿了只是一只离开树根爬到阳光底下的蚂蚁，谁也不会注意它的自我炫耀。我母亲彻底沉浸到对物质的渴求之中，她的眼睛因为饥饿而闪耀着贪婪的光芒，她的嘴在不停地翕动，可是她一点也不知道自己在说些什么。事实上这并不重要，她翻动货郎担子里物品的手指有着比嘴里更急迫的语言。我的父亲，脸上布满难以洗尽的尘土的父亲，正虔诚注视着我母亲的激动。他听不到我的哭喊，他作为丈夫比作为父亲更值得信赖。

我哇哇哭叫，全身开始抽搐，可是没有人理会我，哪怕是回过身来望我一眼的人也没有。父亲的破烂棉袄捆住了我，我无力的腿蹬不开这束缚，只有嘴是自由的。我的哭喊飘出了村庄，进入了四周的树林。如果真像村里上了年纪的人所说的那样，我当初的哭声穿越了许多陈旧的年代，唤醒了我们沉睡的祖先。我同时代的人对我的恐惧置之不理时，我的一位祖先走过漫长的时间来到了我的身旁。我感到一双毛茸茸的手托起了我，身体的上升使哭喊戛然而止，一切都变得令人安心和难以拒绝。一具宽阔的胸膛如同长满青草的田地，替我阻挡了阳光的刺激。我的脸上出现痒滋滋的感觉，我的嘴唇微微张开，发出呀呀的轻微声响，显然我接受了这仿佛是杂草丛生的胸膛。

因我无人理睬的哭叫而走向我的那具宽大的身躯，听说长满了长长的黑毛。村里当初目睹此事的人都弄不清他头颅上生长的是和身上一样的毛，还是头发。他们无法判断哪种更长。他那两颗像鸡蛋一样滚圆的眼睛里有着明亮的目光，这一点谁都铭心刻骨。他的形象十分接近我们理解中的祖先，如果他真是我们的祖先，这位祖先显得过于粗心大意了。我的哭叫无意中成为一块放在陷阱上面涂抹了酱油的肉，引诱着他深入到现代人的敌意之中。

他像货郎一样拨开了树枝，迈动着两条粗壮的短腿，摇晃着同样粗壮的胳膊，大模大样地走来了。那时候我的父亲依然抱着他的锄头痴笑地看着我母亲。我母亲和众多女人都俯身翻弄着货担里的物品。她们臀部结实的肉绷紧了裤子。货郎的手也伸进了担子里。女人的手在翻弄货物时，他翻弄着女人的手。后来他注意到一双肤色异样的手，很难说它充满光泽，可是里面的肉正一鼓一鼓地试图涌出来，他就捏住了它。这只哺乳时期女人的手有着不可思议的松软。我母亲立刻抬起脸来，与货郎相视片刻后，两人都微微一笑。

此刻，那位类似猩猩又像是猿人的家伙，已经走到我的身旁。他从田埂上走过来时很像是走钢丝的杂耍艺人，伸开两条粗短的胳膊，平衡着自己摇摆的身躯。宽大的长满黑毛的脚丫踩着青草走来，传来一种似苍蝇拍子拍打的响声，应该说他出现时显得颇为隆重，在村庄喧闹的白昼里，他的走来没有一丝隐蔽可言，可是竟然没有一个人注意他。

我母亲松软的手遭受货郎的袭击之后，这位女人内心涌上了一股怅然之情，她一下子被推到货物的诱惑和陌生的勾引之间，一时间无从选择。接下来她体现出了作为妻子的身份，我母亲扭过脸去张望我的父亲。那时候我父亲看得过于入迷，脸上渐渐出现严肃的神情。这使我母亲心里咯噔一下，她呆呆望着我父亲，无从判断刚才转瞬即逝的隐秘行为是否被我父亲一眼望到。我母亲的眼中越来越显示出了疑惑不解。前面浓密的树林逐渐失去阳光的闪耀，仿佛来到了记忆中最后的情景，树林在风中像沉默的波涛在涌动。正是那个黑乎乎的大家伙使我母亲摆脱了窘境，她看到一具宽阔的身体从我父亲身后移了过去，犹如阳光投射在土墙上的黑影。最初的时候，我母亲并没有去重视这日光背影上出现的身躯。她的思绪乱纷纷如同远处交错重叠的树叶。直到那个宽大的身形抱起我重又从我父亲身后慢吞吞移过去时，我母亲才蓦然一惊。她看清了那个可怕的身形，他弯曲的双臂表示他正抱着什么。我母亲立刻去眺望我刚才躺着的田埂，她没有看到自己的儿子，谁也想不到我母亲会发出如此尖厉的喊叫，她的脑袋突然向前刺过去，双手落到了身后，她似乎是对我父亲喊：

"你——"

我母亲的喊叫给所有人都带来了惊慌，那些沉浸在货物给予的欢乐中的女人，吓得也跟着叫起来。她们的叫声七零八落，就像是一场暴雨结束时的情景。我父亲在那一刻睁大了眼睛，显而易见，他是那一刻对恐惧感受最深的人，虽然他对我的被劫持一无所知。就连那位抱着我的长满黑毛的家伙，也被我母亲闪电一般的叫声所震动，他的脚被拖住似的回过身，两只滚圆的眼睛闪着异常的光芒。这很可能是恐惧的光芒。他看到我母亲头发飘扬起来，喊叫着奔跑过来。

我母亲的惊慌没过多久，就让所有的人都明白发生了什么灾难。她不顾一切地奔跑给了其他人勇气。货郎是最先表达自己勇敢的人，他随手操起一根扁担，从另一个方向跑向那个黑乎乎的家伙。他是要抢先赶到树林边截住偷盗婴儿者。几个在田里的男人此刻也跳上了田埂，握着锄头去围攻那个怀抱我的家伙。他们奔跑时脚上的烂泥向四处飞去。那些女人，心地善良的女人，被我母亲面临的灾祸所激动，她们虽然跑得缓慢，可她们的尖声大叫同样坚强有力。倒是我的父亲，在那一刻显得令人不可思议地冷静。他依然双手抱住锄头，茫然注视着这突然出现的纷乱。我的父亲只是反应不够迅速，在那种时候，即便是最胆小的人，也会毅然投入到奔跑的人们中间。迷惑控制了我的父亲，他为眼前出现的胡乱奔跑惊住了，也就是说他忘记了自己。

与我母亲他们慌乱地喊叫着奔跑相比,那个抱住我的黑家伙显示出了完全不同的一副模样。他的神情十分放松,仿佛周围的急剧变化与他毫不相干,他在田埂上摇摇摆摆比刚才走来时自如多了。他摇晃着脑袋观看那些从两边田埂上慌乱跑来的人。这样的情形令他感到趣味横生,于是他露出了凌乱的牙齿,那个时候我肯定睁开着眼睛,我的脸贴在他使我发痒的胸膛上,当我们村庄处于惊慌失措之中时,我是另一个心安理得的人。我和那些成年人感受相反,在他们眼中十分危险的我,却在温暖的胸口上让自己的身体荡漾。

那个差一点成为我的抚养者的家伙,走完狭窄的田埂,顷刻就要进入密密的树林里,被满脸白癜风的货郎挡住了去路。货郎横开着扁担,向他发出一系列的喊叫。货郎充满激情的恐吓与诅咒只对我们身后的人有用。对我们而言,货郎的威胁犹如来自遥远的叫喊,与此刻并不相关。怀抱着我的他没有停下脚步,而是直愣愣地向货郎走去。瘦小的货郎在这具逼近的宽大身躯前连连倒退。货郎举起了扁担,指望能够以此改变我们的前进。我们一如既往。货郎只能绝望地喊叫着将扁担打下来。我感到自己的身体往上一颠,我依靠着的胸口上面,一张嘴开始了啊啊地喊叫,声响粗壮有力,使货郎立刻脸色苍白,闪向了一旁。我母亲终于扑了过来,她用脑袋猛烈撞击那个黑乎乎的身体。我母亲哭叫的求救声,使村里人毫不畏惧地围了上来。几个男人用锄头砍过来,可是到了近前他们立刻缩回了锄头,是怕砍伤了我。这个时候那个黑家伙才惊慌起来。他左冲右突都被击退,最后他突然跪在了地上，将我轻轻放在一堆草丛上面，然后起身往前猛冲过去。阻挡他的人看到我已被放弃，都停住攻击把身体往旁边闪开。他蹦跳着奔向树林，横生的树枝使他的速度蓦然减慢，他几乎是站住了，小心翼翼地拨开树枝挤进了树林。有一段时间，在外面的人都能清晰地听到他宽大的脚丫踩着枯叶走去时的沙沙声。

　　我来到了母亲的怀中，我嗅到了熟悉的气味，同样熟悉的声音在我脸蛋的上面滔滔不绝。我母亲摆脱了紧张之后开始了无边的诉说，激动使她依然浑身颤抖不已。母亲胸前的衣服摩擦着我的脸，像是责骂一样生硬。她的手臂与刚才的手臂相比实在太细了，硌得我身体里的骨头微微发酸。总之一切都变得令人不安，这就是为什么我突然哇哇大叫起来。

　　直到这时，我的父亲才恍然明白发生了什么。在危险完全过去后，我父亲扔掉锄头跳上了田埂，仿佛一切还未结束似的奔跑了过来。他的紧张神态让村里人看了哄笑起来。我父亲置之不理，他满头大汗跑到正在哭叫的我身前。我注定要倒霉的父亲其实是自投罗网，他的跑来只能激起我母亲满腹的怒气。我母亲瞪圆了眼睛，半张着嘴气冲冲地看了我父亲半晌，她简单的头脑里寻找着所有咒骂我父亲的词汇。到头来她感到所有词汇蜂拥而出都难解心头之气。面对这样一个玩忽职守的男人，我母亲只能使自己身体胡乱抖动。

　　我父亲到这种时候依然没有意识到事实的严重。他对他儿子的担忧超越了一切，我的哇哇哭叫让他身心不安。他向我伸出了手臂，也向我母亲指出了惩罚的方式。我母亲挥臂打开了他的手，紧接着是怒气十足地一推,我父亲仰身掉入了水田,溅起的泥浆都扑到了我的脸上。村里人都看到了这一幕,谁也没有给予我父亲一丝同情的表示。他们似乎是幸灾乐祸地看着这个满身泥水的男人,几声嗤笑此起彼伏,他们把我父亲当成了一个胆小的人。我母亲怀抱还在哭叫的我咚咚地走向了我们的茅屋。我的脑袋在她手臂上挂了下去,和她的衣角一起摇来晃去。我父亲站起了身体,让泥水往下滴落,微弓着背苦恼地看着走去的妻子。

这天傍晚来临的时刻,村里人都坐在自家门口,喊叫着议论那个浑身长满黑毛的家伙。村庄的上空飘满了恐惧的声音。在此之前,他们谁都不曾见过这样的怪物。现在他们开始毫不含糊地感受到自己处于怎样的危险之中。那片对他们而言浓密的、无边无际的森林,时刻都会来毁灭我们村庄。仿佛我们已被虎啸般可怕的景象所包围。尤其是女人,女人叫嚷着希望男人们拿起火枪,勇敢地闯进树林,这样的行为才是她们最爱看到的。当女人们逐个站起了身体变得慷慨激昂的时候,我们村里的男人却不会因此上当,尽管他们不久前为了救我曾不顾一切地奔跑,集体的行为使他们才变得这么勇敢。此刻要他们扛起火枪跨进那方向和目标都毫无意义的树林,如同大海捞针一样去寻找那个怪物,确实让他们勉为其难。

"上哪儿去找啊?"

一个人这样说,这似乎是他们共同的声音。我们的祖辈里只有很少几个人才有胆量到这走不到头的树林里去闯荡。而且这几个人都是不知死活不知好歹的傻瓜。他们中间只有两个人回到我们村庄,其中一个在树林里转悠了半年后终于将脑袋露到树林外面时,立刻呜呜地哭了,把自己的眼睛哭得就跟鞭子抽过似的。如今,这个人已经上了年纪,他微笑着坐在自己门前,倾听他们的叫嚷。

一个男人说:"进去就进去,大伙得一起进去,半步都不能分开。"

老人开始咳嗽,咳了十来声后他说:"不行啊,当初我们五个人进去时也这么说,到了里面就由不得你了。最先一个说是去找水喝,他一走人就丢了,第二个只是到附近去看看,也丢了,不行啊。"

来自树林的恐怖被人为地加强了,接下来出现的沉默虽只有片刻,却足以证明这一点。女人们并不肩负这样的责任,所以她们可以响亮地表达自己的激动。有一个女人手指着正收拾物品的货郎说:

"他怎么就敢在林子里走来走去?"

货郎抬起脸,发出谦和的微笑。他说:"我是知道里面的路。"

"你生下来就知道这条路?"

面对女性响亮的嗓音,货郎感到不必再掩饰自己的勇敢,他不失时机地说:

"我生下来胆子就大。"

货郎对我父辈的嘲笑过于隐晦,对他们不起丝毫作用,倒是激励了女人的骄傲,她们喊叫道:

"你们呀,都被阉过了。"

一个男人调笑着说:"你们替我们进树林里去吧。"

他立刻遭到猛烈的回击,其中最为有力的一句话是:

"你们来替我们生孩子吧。"

男的回答:"你们得先把那个通道借给我们,不是我们怕生孩子,实在是不知道小崽子该从什么地方出来。"

女人毕竟头脑简单,她们并没意识到话题已经转移,依然充满激情地沉浸在类似的争执之中。所有的女人里,只有我母亲缄口不言。她站在屋门口怀抱着我,微皱眉头眺望高高耸起的树林,她的脸上流露出羞愧与不安交替的神色。我父亲的胆怯不是此刻共同出现的胆怯,他在白天的那一刻让我母亲丢尽了脸。他蹲在一旁神色凄凉,眼睛望着地上的泥土迟迟没有移开。傍晚来临的秋风呼呼吹来,可吹到他脸上时却十分微弱。当村里男女的喊叫越来越和夜晚隐秘之事有关,他们也逐渐深入到放松的大笑中时,我的父母毫无所动,两人依然神情滞重地在屋门口沉思默想。

天色行将黑暗,货郎一反往常的习惯,谢绝了所有留宿的邀请。他将拨浪鼓举过头顶,哗啦哗啦地摇了起来,这是他即将出发的信号。村里四五个能够走路的孩子跟在他的身后,全都仰起脑袋,惊奇地看着货郎的手。鼓槌飞旋之时,货郎的手似乎纹丝没动。

货郎走过我母亲身边时,意味深长地转过脸来向她一笑,那张布满白斑的脸在最后的霞光里亮得出奇。我母亲僵硬的脸因为他的微笑立刻活泼了起来。她肯定回报了货郎的微笑。我昏睡的身体在那一刻动弹了几下,母亲抱紧了我,她的胸口压紧了我的脸。我母亲前倾着身体,她的目光追随着货郎的背影,在黄昏的时刻显得十分古怪。

货郎走去时没有回头,他跨上了一条田埂,弯曲着脊背走近树林。村里的孩子此刻排成一行,仍然仰着脑袋惊讶万分地看着他摇拨浪鼓的手。那时候我父亲也抬起了脸,拨浪鼓的远去使他脸上露出迷惑的笑意。是什么离去的声音刺激了他,他暂时摆脱我母亲沉默所带给他的不安。

货郎已经走到了树林边上,这时天色微暗,他转过身来,那一行孩子立刻站住了脚,看着货郎向我们村庄高举起拨浪鼓,使劲地摇了起来,直到现在孩子们才终于看清了他的手在动。

只有我母亲一个人能够明白货郎高举拨浪鼓是为了什么。他不是向我们村庄告别,不是告别,而是在召唤。我母亲脸上出现了微妙的笑意,随即她马上回头看了一眼我的父亲。我父亲不合时宜地表达了他的受宠若惊,使我母亲扭回头去时坚决而果断。她第一次清晰地感受到自己来到了两个男人的中间,难以言说的情绪慢慢涌上心头。此刻一个已经消失在昏暗的树林之中,一个依然在自己的身旁,那几个孩子响亮地说些什么走了回来,在我母亲的近旁分散后各自回到家中。拨浪鼓还在清晰地响着,货郎似乎是直线往前走去。没过多久,鼓声突然熄灭了,不由使我母亲心里一惊,她伸长了脖子眺望已经黑暗的树林。我父亲这时才站起身体跺着两条发麻的腿。他在我母亲身后跺脚时显得小心翼翼。其实那时我母亲对他已是视而不见了。鼓声紧接着又响了几下,货郎的拨浪鼓一会响起一会沉寂,间隔越来越短,鼓声也越来越急躁不安。

我母亲缓缓地转过身去,走回到屋中床边,把已经熟睡的我放在了床上,伸出被夜风吹凉了的手指替我擦去流出的口水,然后吹灭油灯走向屋外。

我父亲手扶门框看着他妻子从身旁走过。借着月光他看到我母亲脸上的皮肤像是被手拉开一样,绷得很紧。她走过我父亲身旁,如同走过一个从不相识的人身旁,走到屋外时她拍打起衣服上的尘土,不慌不忙地走上了田埂,抬起胳膊梳理着头发。那时货郎的鼓声又急剧地响了起来。我父亲看着她的身影越来越小,一个很小的黑影走近了那片无边无际的巨大黑影。

我母亲的断然离去,在父亲心中清晰简单地成为了对他的指责。他怎么也无法将树林里的鼓声和正朝鼓声走去的女人联系到一起。他只能苦恼地站在门口,看着他妻子在黑夜里消失。接下去是村庄周围树叶在风中发出的沙沙声,犹如巨大的泥沙席卷而来一般。在秋天越深越冷的夜里,身穿单衣的父亲全然不觉四肢已经冰凉。他唯一的棉袄此刻正裹在我的身上。我母亲一走了之,使我父亲除了等待她回来以外,对别的一切都麻木不仁。树林里的鼓声那时又响了起来,这次只有两下响声,随后的沉默一直持续到黎明。

村里有人在我父亲身边走过时说:"你干吗站在这里?"

我父亲向他发出了苦笑,他不知道此刻应该掩饰,他说:"我女人走啦。"

他一直站在屋外,冷清的月光照射在他身上。我一点也不知道父亲的苦衷，呼呼大睡，发出小小的呼噜。尽管那时我对父亲置之不理，可我的鼻息是母亲离去之后给予我父亲的唯一安慰。他在屋外时刻都能听到儿子的声音，只是那时我的声音也成为了对他的指责。他反复回想白天的事，他的脑袋因为羞愧都垂到了胸前。

黎明来到后，他才看到我母亲从树林里走出来，如同往常收工回家一样，我母亲沿着田埂若无其事地走近了我父亲。她走到他身旁时看到他的头发和眉毛上结满了霜，我母亲就用袖管替他擦去这一夜带来的寒冷。我父亲这时呜呜地哭了。

我父亲就是这天黎明带上他的火枪进山林里去的，他此外没带任何东西，他临走时我母亲正给我喂奶，据她说她一点都不知道我父亲的离去。

村里有好几个人看到了他，他将双手插在单薄的袖管里，火枪背在身后，缩着脑袋在晨雾里走向山林。林里一位年轻人说：

"早啊。"

我父亲也说了声："早啊。"

他决定闯进树林之后，并不知道这是值得炫耀的勇敢行为，他走去时更像是在偷偷摸摸干着别的什么。那个年轻人走过他身旁看到了那杆火枪，立刻大声问他：

"你要进林子里去？"

我父亲那时显得忐忑不安，他回头望了一下，支支吾吾什么话也没有说清楚。这时另外的两个人走上前来，他们一前一后站在我父亲前面，他们问：

"你真是进林子?"

我父亲羞怯地笑了一下。他们说:

"你别进去了,别去找死了。"

后一句使我父亲感到很不愉快,他从袖管里伸出右手拉了拉火枪的背带,从他们身旁走了过去,同时低声说:

"我不是去找死。"

他加快了步子走向树林。此刻晨雾逐渐消散,阳光开始照射到我父亲身上,尽管有些含糊不清。他选择货郎进去的那个地方走进了树林。开始他听到脚下残叶的沙沙声,枯黄的树叶有些潮湿。没走多远,他的布鞋就湿了。我父亲低头寻找着货郎来去时借助的那条小路。在树林的边缘来回探察,用脚摸索着找到了那条弯弯曲曲的小路,他踩到路上时蓦然感到失去了松软的感觉,土地的坚硬透过薄薄一层枯叶提醒了他。他蹲下身子,伸手拨开地上的树叶,便看到了泥土,他知道路就在这里。这里的树叶比别的地方都要少得多。白昼的光亮从顶上倾泻下来,帮助他看清被枯叶遮盖的道路所显露的模糊轮廓。

那时候我父亲听到了依稀的鼓声,在远处的某一个地方渐渐离去。他侧耳倾听了一会,分辨出是货郎的拨浪鼓在响着,这使他内心涌上细微的不知所措。昨晚离去的货郎,在此刻仍能听到他的鼓声,对我父亲来说,树林变得更为神秘莫测了。而且脚下的道路也让他多少丧失了一点刚才的信任。他感到这条路的弯曲可能和头顶的树枝一样盘根错节,令人望而生畏。

我父亲在那里犹豫不决,片刻后他才小心翼翼沿着小路往前走去,此时他已消除了刚才的不安。他突然发现自己来到这里并不是要走到树林另一端的外面,他只要能够沿着这条路回来就行了。我父亲微微笑起来,他那克服了不安的腿开始快步向前走,两旁的枝丫留下了被人折断过的痕迹,这证明了我父亲往前走去时的判断是正确的。他逐渐往里走,白昼的光亮开始淡下来,树木越来越粗壮,树枝树叶密密麻麻地交错重叠到一起,周围地上的枯叶也显得更为整齐。他那时只能以枯叶的凌乱来判断路的存在。

在屋外等待妻子整整一夜的他,走了半晌工夫后,身体疲倦。他黎明出发时没吃食物,他感到了饥饿,尽管如此,他没有使自己坐下来休息。靠着斑驳的树干站了一会,他离开路向树林深处走去,他将一把锋利的刀握在右手,每走五步都要将一棵树削掉一大块,同时折断阻挡他的树枝。这双重的标记是我父亲求生的欲望,他可以从原先的路回到我们村庄。

我父亲进入山林不是找死,而是要找到那浑身长满黑毛的家伙,他要取下他的火枪,瞄准、射击、打死那个黑家伙,然后把他拖出树林,拖回到我们村庄。我父亲希望看到自己能够这样回到家中,让怀抱我的母亲欣喜地看着他的回来。

他呼哧呼哧喘着气往前走得十分缓慢,他所付出的力气和耕田一样,他时时听到鸟在上面扑打着翅膀惊飞出去的声音。这突然发生的响声总是让我父亲吓一跳。直到它们喳喳叫唤着飞到另一处,我父亲才安下心来。他最担心的是过早遇到猛兽,他所带的火药使他难以接连不断地去对付进攻者。越往里走,我父亲也就越发小心谨慎,他折断树枝时也尽量压低声响。可是鸟的惊飞总让他尴尬,他会不知所措地站在那里,直到鸟声消失。

他感到身上出汗了,汗似乎是哗哗地流了出来,这是身体虚弱的报应。他赶紧从胸口拿出火药,吊在衣服外面,火药挂在胸前,减慢了他前行的速度。他折断树枝时只能更加小心,以免枝丫穿破胸前的布袋。

我父亲艰难地前行,已经力不从心。在这一天行将结束时,他发现树木的品种出现了变化,粗壮高大的树木消失到了身后,眼前出现了一片低矮的树木,同时他听到了流水的响声。我父亲找到了一条山泉,在一堆乱石中间流淌。那时天色变得灰暗下来,他看到树木上挂着小小的红果子,果子的颜色是他凑近以后才分辨出来的。他便采满了一口袋,然后走到泉边喝水,出汗后让他感到饥渴难忍。

这时他听到一阵踩着枯叶的声音隐隐约约传来,似乎有什么朝他走来,他凝神细听了一会,声音越来越明显。我父亲马上躲到一棵树后,给枪装上火药,平静地注视着声响传来的方向。过了一会,那发出声响的家伙出现在我父亲的目光中。他的出现使父亲心里一怔,此后才感到莫大的喜悦。这个浑身长满黑毛直立走来的家伙,正是我父亲要寻找的。一切都是这么简单,现在他就站在离我父亲十来米的地方。踮起脚采树上的果子。他的背影和人十分相似。我父亲站起来,枪口向他伸去,可能是碰到了树枝,发出的响声惊动了他。他缓慢地转过身来,看到了向他瞄准的我父亲。他那两只滚圆的大眼睛眨了眨,随后咧开嘴向我父亲友好地笑了。我父亲扣住扳机的手立刻凝固了,他一下子忘记了自己为何要来到这里。那黑家伙这时又转回身去，采了几颗果子放入嘴中边咬边走开去。他似乎坚信我父亲不会伤害他，或者他不知道这个举枪瞄准的人能够伤害他。他摇摆着宽大的身体，不慌不忙地走出了我父亲的枪口。

似乎有漫长的日子流走了，我父亲那件充满汗酸味的棉袄在霉烂和破旧的掠夺下已经消失，就像我的父亲一样消失。现在我坐在田埂上，阳光照在我身上，让我没法睁大眼睛。不远处的树林闪闪发亮，风声阵阵传来，那是树叶抖动的声响。田埂旁的青草对我来说，早已不是生长到脸的上方的时候了，它们低矮地贴在泥土上，阳光使它们的绿色泛出虚幻的金黄。我母亲就在下面的稻田里割稻。她俯身下去挥动着镰刀，几丝头发从头巾里挂落出来，软绵绵地荡在她脸的两侧。她时时直起身体用手臂擦去额上的汗水，向我望一两眼。有一次她看到我捉住一只蜻蜓后便露出高兴的笑容。村里成年的人此刻都在稻田里。我看着稻子一片片躺在地上，它们躺下后和站立时一样整齐。我耳中回响着他们嗡嗡的说话声，我一点都不明白他们在说些什么，他们突然发出的笑声使我惊讶，接着我也跟着他们笑，尽量笑得响一点。可是母亲注意了我，她直起身体看了我一会。我的仰脸大笑感染了她，我看到她也笑了起来。最让我有兴趣的是一个站着的人对一个俯下身子的人说话，当后一个站起来时，原先站着的人立刻俯身下去，两个人就这样换来换去。

一些比我大的孩子提着割草篮子在不远处跑来跑去。他们也在大声说话，他们说的话我还能听懂一些，他们是在说那位新来的老师,说他拉屎时喜欢到林子里去,这是为什么。

"他怕别人看他。"

一个孩子响亮地说,他说完后嘴还没有闭上就呆呆站在那里,朝我这边看着。我身体左边有脚步声传来,穿着干部服的年轻老师走到我身前,指着我朝田里喊:

"他是谁家的?"

田里没有人理睬他,他又喊了一声。我心里很不高兴。他指着我却去问别人,我说:

"喂,你问我吧。"

他看了我一会,还是朝田里喊,我母亲这才起身应道:

"我家的。"

他说:"为什么不送他到学校来?"

我母亲一时间不知道说什么好,只是笑眯眯地看着他。我抢先回答:

"我还小,我哪儿都不能去。"

我母亲因为我而获救,她说:

"是啊,他还小。"

年轻的老师转向几个男人喊道:

"谁是他的父亲?"

没有人回答他,母亲站在那里显得越来越尴尬,又是我救了她,我说:

"我爹早就死啦。"

五年前我父亲走进树林之后就再也没有回来,他在那个晨雾弥漫的黎明悄无声息地离开了家,那时我的嘴正贴在母亲的胸前,后来当母亲抱着我,拿着锄头下地时,村里人的话才让她知道发生了什么。她扔下锄头抱着我跑到了树林边,朝里面又骂又喊,要我的父亲回来。我难以知道母亲内心的悲伤。在此后有月光或者黑暗的夜晚,她抱着我会在门前长久站立,每一次天亮都毁灭着她的期待。五年过去以后,她确信自己是寡妇了。死去的父亲在她心中逐渐成为了惩罚。

那位年轻的老师在田里众人的默然无语中离去。对一个失去父亲的孩子,他不能继续指责。我仍然坐在那里,刚才在那里大声叫嚷的孩子们突然向西边奔跑过去了。我扭头看着他们跑远,可是没一会他们又往这里跑来。我的脖子酸溜溜起来,便转回脑袋,去看正在割稻的母亲。这时候我听到那些跑来的孩子突然哇哇大叫了。我再去看他们,他们站在不远的田埂上手舞足蹈,一个个脸色不是通红就是铁青。他们正拼命呼叫在田里的父母们。随后田里的人也大叫起来。我赶紧去看母亲,她刚好惊慌地看了我一眼,接着转身呆望另一个方向,手里的镰刀垂在那里,像是要落到地上。

我看到了那个浑身长满黑毛的家伙,应该说我是第二次看到他,但我的记忆早已模糊一片。他摇摆着宽大的身体朝我走来,就是因为他的来到才使周围出现这样的恐慌。我感到了莫名的兴奋,他们的吼叫仿佛是表演一样令我愉快。我笑嘻嘻地看着朝我走来的黑家伙,他滚圆的大眼睛向我眨了眨,似乎我们是久别重逢那样。我的笑使他露出了白牙,我知道他也在向我笑。我高兴地举起双手向他挥起来,他也举起双手挥了挥。那两条粗壮的胳膊一挥,他宽大的身体就剧烈摇晃了。他的模样逗得我咯咯大笑。他就这样走近了我,他使劲向我挥手。我看了又看似乎明白他是要我站起来,我就拍拍身边的青草,让他坐下,和我坐在一起。他挥着手,我拍着他,这么持续了一会,他真的在我身旁坐下了,伸过来毛茸茸的手臂按住了我的脑袋。我伸手去摸他腿上的黑毛。毛又粗又硬,像是冬天里干枯了的茅草。除了母亲,我从没有得到过这样的亲热,于是我就抬起头去寻找母亲。这时他突然浑身一颤大声吼叫了。我看到一把镰刀已经深深砍进他的肩膀,那是我母亲的镰刀。母亲睁圆了眼睛恐惧地嘶喊着。这景象让我浑身哆嗦。村里很多人挥着镰刀冲过来,朝他身上砍去。他吼叫着蹦起身体,挥动胳膊阻挡着砍来的镰刀。不一会他的两条胳膊已经鲜血淋淋。他一步一步试图逃跑,砍进肩膀的那把镰刀一颤一颤的。没多久,他的胳膊已经抬不起来了。耷拉着脑袋任他们朝他身上乱砍。接着他扑通一声坐到了地上,嘴里呜呜叫着,两只滚圆的眼睛看着我。我哇哇地哭喊,那是祈求他们别再砍下去。我的身体被母亲从后面紧紧地抱住,我离开了田埂,在母亲身上摇晃着离去。我还是看到他倒下的情形,他两只乌黑的大眼睛一闭,脑袋一歪,随即倒在了地上。

他死去以后,身上的肉被瓜分了。有人给我母亲送来一块,看到肉上长长的黑毛,我立刻全身抽搐起来。此后很长时间里,我像个被吓疯了的孩子,口水常常从嘴角流出,不说话也不笑,喜欢望着树林发呆。其实我一点也没有疯,我只是难以明白母亲为何要向他砍去那一镰刀。对我来说,他比村里任何人都要来得亲切。他活活被砍死,那鲜血横流的情景让我怎么也忘不了。

那天晚上,村里刚来不久的年轻老师站在一个坡上喊叫着指责他们的行为,他说:

"那是祖先,你们砍死了祖先,你们这群不肖子孙,你们这群畜生,禽兽。"

他是我们的祖先!是我们爷爷的爷爷,而且还要一直爷爷上去,村里人谁都没说话,每家的炊烟都从屋顶升起,他们吃掉了自己的祖先。

我听不明白老师在喊什么,可我感到他是在骂人,骂他们杀死了那个友好的黑家伙。我站在门口看着他怒气冲冲地骂着,我觉得他一个人站在那里怪可怜的,便一步一步走过去,在他身旁坐下。我仰脸看着他喊叫,他每喊一句,我就点一下头。他注意到了我,突然不喊了,看了我一阵后问:

"你吃了那肉了吗?"

我摇摇头,眼泪流了出来。年轻的老师说:

"你明天到学校来上课。"

第二天黎明来到时,村里人都听到一片可怕的呜呜声。当他们跑到门口张望时,看到一群长满黑毛的宽大身体朝他们走来。于是女人们尖声呼叫,要男人们拿出火枪去射击他们。母亲不让我走到屋外,我就趴在窗口向外眺望。我看到他们全都仰着脑袋,呜呜呜叫着慢吞吞走上前来。我握紧自己的两个拳头,浑身哆嗦地看着他们走近，这时候枪声响了，有两具宽大的身体歪曲了几下倒在了地下。他们立刻停止了前进，低头看着死去的伙伴，显然他们不知道发生了什么。枪声继续响着，他们继续前行，不断有身体倒下，接连出现的牺牲使他们惊呆了，在原地站立很久，随后才缓慢地转过身去，低着脑袋一步一步很慢地往树林走去……

一九九二年四月